秋叶如花

曹秀芳——著

作家出版社

图书在版编目（CIP）数据

秋叶如花 / 曹秀芳著. -- 北京：作家出版社，2019. 12
ISBN 978-7-5212-0610-4

Ⅰ. ①秋… Ⅱ. ①曹… Ⅲ. ① 散文集－中国－当代
Ⅳ. ①I267

中国版本图书馆CIP数据核字（2019）第124282号

秋叶如花

作　　者：曹秀芳
责任编辑：桑良勇
装帧设计：孙惟静
出版发行：作家出版社有限公司
社　　址：北京农展馆南里10号　　邮　　编：100125
电话传真：86-10-65067186（发行中心及邮购部）
　　　　　86-10-65004079（总编室）
E-mail:zuojia@zuojia.net.cn
http://www.zuojiachubanshe.com
印　　刷：三河市北燕印装有限公司
成品尺寸：142×210
字　　数：163千
印　　张：9.125
版　　次：2019年12月第1版
印　　次：2019年12月第1次印刷
ISBN　978-7-5212-0610-4
定　　价：39. 80元

目 录

1

序

人的一生会经历许多事情：愿意的，不愿意的；想到的，想不到的；盼望的和躲避唯恐不快的；喜忧参半的；无法言说的……一句话，生活五味杂陈。

人的一生也会认识许多人：爱的，不爱的；喜欢的，不喜欢的；有瓜葛和没任何关系的……一句话，人际关系复杂如网。

有的人在视野中许多年了，见面了依然不过是："你吃了吗？""今天的天气真不错。"然后就无话了。如同道路两侧的路灯，天天照面，距离永保不变。

有的人，当你遇见他的时候，人生列车早已行驶到中途或者更晚。但认识了，就好似相交多年，高兴的事可以向他谈谈，烦恼的事也可以对他讲讲。似孔雀开屏，光鲜的那一面可以尽情展露，不光鲜的那一面也不必遮遮掩掩。总之，他就是那种可素颜相见、坦诚相待、遇事拜托——一句话，你不必戴面具交往的人。

幸运的人一生总能或多或少地遇见这样的几位挚友。

我认识梅是在2014年。

因向《张家口晚报》投稿，所以认识了她。

她与我年龄相仿，同为张家口师范专科学校毕业。她皮肤白皙、面容姣好，说话柔和幽默，拙嘴笨腮的我十分羡慕她的好口才。她敬业、认真，常受到报社领导和同事们的好评；她乐观豁达，即使面临生活中棘手的困难，也从容淡定，怀有一定能跨越难关的坚定信心，常说，艰难处最能增长智慧，最能成就人。

她每遇上车或乘坐电梯、进出大门，必请人先行，即使身边的人素昧平生。她等车时，看到一个十岁左右的小女孩也在等公交，寒风凛冽，夜色沉沉，而车久久不见踪影，就打车送女孩回家，还想着叮嘱她的家人适当接送。当得知小女孩的父母都不在女孩身边，他们的婚姻正面临解体，又打了好长时间的电话耐心劝解。临走又解囊相助。

如此谦恭，又有发自内心的善良像火苗照亮温暖他人，真令人赞赏。

我还有几位至交好友也是这样。

作为志同道合的"文学中年"，尽管我和梅都必须在生活的夹缝中周旋，但我们痴心不改，在文学天地里辛勤耕耘、艰难跋涉。我们愿意努力，我们都有足够的耐心和恒心。

生活中的苦辣酸甜，就像自家田地里的青菜萝卜、红绿辣椒、黄瓜苦瓜、豆角韭菜。我们平整土地、施肥浇水、小心看护，直到有一天，小心采摘，收入竹篮，辛劳有了收获。在别人看来，这些"东西"也许毫不起眼，但在自己心中却总敝帚自珍，喜悦幸福。

正因为有梅和其他好友在文学道路上的暖心陪伴、真诚勉励，我才能坚持不懈地把对生活的感受和认识一点点地写了出来，并怀着美好的愿望，期盼这些文字能结集出版。

我知道，这绝非轻而易举，更不能急于求成，也不为追名逐利。

我只想把自己的看法告诉能看到这些文字的人：我是怎样走了各种各样的弯路，受了各种各样的委屈，怎样踏着难处甚至眼含泪水穿城而过，心中仍怀拥理想。希望别人免走我同样的弯路，免受我同样的委屈，遭遇困境也依然能让理想之光照耀前行的道路。

为了让大家更容易根据自己的喜好选择阅读，我一开始曾打算将文章从三个角度分类组合：第一部分主要涉及家庭生活，如育子感想、对亲情与爱情的看法；第二部分主要谈学校生活，比如成长的经历、对师友的怀念；第三部分扩展到社会生活，杂感杂谈、旅游笔记、小说等。这三个角度如同三个收纳箱，收藏物虽各有不同，但都是主人一路走来仔细珍藏——有些竟然是珍藏多年，时时拿出翻看、晾晒、欣赏的！

后来发现，如此分类十分困难，因为生活是相互叠加的。

索性，我就把自己的散文文稿分成两大部分：有关教育的部分单拿出来，自成一体，美其名曰"静观教育"；其余部分集合成册，用其中一篇文章的题目命名"秋叶如花"。

在整理时，由电脑按照文章题目第一个汉字的首字母顺序排列，这样倒也省事不少。

不管怎样，一切随缘。

人与人如此，人与文章也是如此。

最令我满意的是，书中的每行文字，都出自真诚。

因数十年蜗居于张家口这座小城，见识和水平都如井底之蛙、檐下之雀。不足之处，还请大家多多海涵。

曹秀芳

爱情似竹

在金玉一般奇美的青春里，几乎每颗纯洁的心都曾品尝过世上独有的那份情感——朦胧的、无缘由的、欲语还休的无尽思念与牵挂。涉世未深，不受拘束，心是自由的，无功利的，似破土而出的新笋，沐浴着明媚的阳光，吸清风、饮晶露，生机盎然、清新脱俗。唯其无功利，所以万分宝贵、万分甘甜，沉淀在心灵深处，成为多年甚至一生一世的珍藏。

新笋旺盛的生命力促着它的快速生长。其中，有的被小铲从竹林中取走，初萌的爱情停止了它稚嫩的生命进程。但曾经的存在却是不容置疑的。而另外一些新笋则伴着时光的长河成长着、变化着，青青的身体挺拔俏立，翡翠一般的美叶织成绿色的网。渐渐地，外界的力量对它的影响越来越大，阳光雨露的滋润多了，风雨的鞭打也随之增加。甚至有生命以来罕见的"冻雨"也会不期而至。有些细弱的竹苦苦支撑与坚持之后，"咔嚓"一声，腰被折断了，带着撕裂的痛。它只能无奈地颓然垂下自己的头。只有那些幸运又坚韧的竹一直挺立着,幸福地迎着阳光舒展着身姿。

我曾有幸谛听过一番关于爱情的精彩对话:

一人说:"我不相信这个世界上真有爱情的存在,这是一个滥情的时代。就像美丽骗人的神话一样,所有的爱情故事纯属杜撰。对于人的短暂一生而言,有太多的'实在'需要考虑。所以,各种所谓的'爱情',从骨子里均有其目的隐藏。纵使鄙俗,但也可以理解。人之所以为人,就是因为他考虑功利结果。从这一点上看,也许自然界中动物本能的苟合也比有些人类成员的所谓'爱情'高尚得多。"

一阵短暂的沉默之后,另一个平静的声音响起:"有谁相信不生双翼的人类能飞上深邃的太空遨游?又有谁敢想象不长利爪的人类能潜入幽深的海底探宝?然而,这些,人类都切切实实地做到了。奇珍异宝,人间自有。它永远都属于那个与它有缘、对生活怀有期待的人。爱情就是人间的奇珍!爱情就是人间的异宝!它集天地日月之精华,聚缘分、幸运于一体,所以稀少,所以珍贵,所以世人毕生追寻。只不过,有人穷其一生都不能寻觅得到。"

"那为什么许多人都追寻不到纯洁而恒久不变的爱情呢?"

"那是因为,在许多时候,世俗不仅蒙蔽了人的双眼,更阻塞了人的心智。心盲比眼盲更可怕。"

听完这番对话,我沉思良久。原来,人生就像一片竹林,爱情就像那由新笋长成的亭亭玉立的竹。爱情是存在的，但它需要慧眼来发现，更需要慧心来思考。目盲容易让人误入歧途；心盲使人万劫不复。高品质的爱情与珍贵的理智如影随形。当行处行，当止时止。把握爱情航向与速度的原来是自己。

无疑，收获到真正爱情果的人是极幸运和幸福的，很好地珍藏它需要坚定与智慧。信任是滋润爱情的营养液，背叛是戕害它的毒汁。背叛的任何理由都不具有丝毫说服力，就像影子不能支撑任何重量一样。

虚伪的爱情不是爱情。没有经过多彩的世俗长时间过滤的，其耐挫力难以考查，其纯洁度更难以说清了。

在人生中，能相依相伴、共同栉风沐雨穿越时空的两根劲竹，它们都是幸运的。我们是那根能经受住"冻雨"考验的劲竹吗？是否有一根坚而韧的竹是我们一生不变的依靠呢？

爱我们的语言吧

　　无论对于外界事物，还是对于自身，我们的认识都是由浅到深，甚至是从无到有的。

　　要是有人问："你热爱我们每天都说着的语言吗？"你一定莫名其妙："啊？这个问题我可从来没想过。语言不就只是一种用来交流的工具吗？"

　　说实话，这个问题我原来也没想过。

　　我出生在河北宣化一个宁静的村庄，在淳朴的乡音中长大。说来不怕别人见笑，我十多岁时都没听说过普通话这回事儿，更别说见到说普通话的人了。

　　那时，人们大都比较贫困。家里能算得上是"电器"的，就是屋顶悬着的那盏白炽灯。后来，村里陆续有人买回能听说书和听唱歌的"话匣子"——收音机。我父母也买回来一台。它为我打开了了解世界的窗口，也让我平生第一次听到了字正腔圆、标准的普通话。

　　在所有的广播栏目中，我最喜欢《文学欣赏与评论》。

它播放的时间比较晚。为了不影响家人休息，每次收听时，我都把收音机放在被窝里，耳朵紧贴着喇叭，音量调至最低，凝神静听。印象中，这个栏目一般先朗读原文，再简介作者，最后赏析全文。那抑、扬、顿、挫，那轻盈如蝶或沉郁如山的声音，令我心驰神往。即使三十多年过去了，我依然能回想起当年聆听《小石潭记》时那种妙不可言的感受。"隔篁竹，闻水声，如鸣佩环……潭中鱼可百许头，皆若空游无所依……"轻柔的声音，清幽寂寥、动静相融的画面，让我如身临其境，好像一伸手就能触到那些小鱼儿似的。

就这样，一个广播栏目让孤陋寡闻的我不仅体味到了文学的丰富意蕴，而且充分领略了普通话难以描摹的魅力。

我的一位初中语文老师，课讲得声情并茂，我们都很喜欢他。他从不用难听的话训斥学生。他说："中国的语言是美丽的语言，我们一定要好好地说，不要辜负了它的美。"从教二十多年，我也从不用难听的话斥责学生。我常常想起老师说过的这句话。

上高中之后，我常跟着学校大喇叭的广播学说普通话。上大学以后，普通话课程让我的普通话水平迈上了一个新台阶。毕业后，面试讲课，"你普通话说得比别人好，你留下吧"。这样，我就获得了这份从事至今的工作。由此看来，能讲流利的普通话也算是一种技能吧。

由于工作需要，我普通话不离口。但只要回到家乡，我就讲地道的方言。一次，与父母聊天，说到一件事会牵扯到另一件事，我搜肠刮肚找不着合适的词语。想说"牵一发而动全身""由此及彼"，都觉不恰当。没想到，我母亲随口说道："拉出筥箩斗动弹。"［用当地方言读出来的声调是：腊促泼箩兜动叹。筥箩，盛放谷物的器具，用柳条或篾条编成。斗，量粮食的器具，容量是一斗，方形或鼓形，多用木头或竹子制成。斗也是我国市制容量单位，十升为一斗，十斗为一石（读作dàn）。斗小，筥箩大，人们常把斗放在筥箩里。］那种对铆接缝、富有生命力的表达真让我叹服。

还有一次，也是与家人闲聊，说到兄弟姐妹的亲密关系时，我脑子里回旋着"亲如手足""休戚相关"等词语，又觉不妥帖。正想着，我的五爷随口说道："渠傍水，水傍渠，谁都离不了谁。"（用当地方言读出来的声调是：去傍隋，隋傍去，碎都类不了碎。）那种通俗亲切、非他莫属的精确表达，又让我叹服不已，自愧不如。

可见，语言的美不仅在文化典籍中熠熠生辉，也闪耀在寻常百姓的方言俚语中。

我想，无论是全国的通用语言、现代汉语的标准语——普通话，还是充分体现地域特色文化，积淀地域历史的四方异声——方言，都代表着源远流长的中华文明。它从远古走到现在，并走向未来。作为神州儿女，我们每个人对它都有一个从毫不自觉到简单了解，再到热爱的天然过程。我们一定要像爱自己的脸面一样，爱我们民族的语言。要说都像专家那样去深入研究它，未免有些苛刻和矫情。但我们持一份谨严的态度，不断学习，无论说话还是写文章，都文明、规范、正确地使用它，努力把它说得美，把它美着说出来，当不是过分的要求，而应是每个中国人的一份责任吧。

爱有回音

我不止一次梦到我的奶奶，她已经去世好多年了。

我的奶奶不是我的亲奶奶。

我的亲奶奶由于和爷爷感情不和，两人早就分开了。自此，我的父亲和叔叔就都和我的曾祖父、曾祖母一起生活，父亲和叔叔当时只有八九岁的样子。

我想，你已经想到了吧，我的爷爷在重组家庭之后，就把自己理应承担的抚养和教育儿女的担子，理所当然地转交给了自己的父母。

有一年的八月十五前，年幼的我看见母亲买好月饼和白酒，准备让我父亲去送给十几里外的姥姥。我不知哪里来的勇气，站到母亲面前，对她说："妈，你给我姥姥买月饼，为什么不给我奶奶也买月饼呢？姥姥是你妈，奶奶不是我爸的妈？"

我的母亲流泪了，因为我人生第一次"勇敢的仗义执言"。这是我所没有料到的。后来母亲对我说了许多话，我都忘记了，总而言之，不是母亲不孝敬他们，而是爷爷和奶奶根本不关心我们。

渐渐地，我长大了，开始明白了一些事情。

我家和奶奶同住一个不大的院子。我们住两间房，爷爷奶奶住另外两间。我家的那两扇对开的木板门，经常出现在我的记忆里和梦境中。在梦中，不是两扇门的铁环怎么扣也扣不好，就是厚厚的棉布帘被大风不断地掀起来——从我有记忆开始，那两扇门就没让我有过安全感。

正对着我家的这两扇大门，隔着五六步远，是一个用葵花秆儿圈起的小菜园。每到夏秋，里边就长着一畦一畦各色的蔬菜，如黄瓜、西红柿之类。这个葵花秆儿圈起的小栅栏不偏不倚地将小院儿分成了两半。现在想来，那是两代亲人心中的壁垒和隔膜活脱脱的印证啊！

记忆中，我几乎没有见过父母去爷爷奶奶家吃饭的情景，也很少见爷爷奶奶在我家吃饭。三代同堂其乐融融的情景，在我的童年生活中从来就不曾见到过。虽然两家同处一个院子，声气相闻。

我家养的一只奶山羊，生了几只小羊羔。由于母亲的疏忽，一只小羊羔跑到了奶奶家的"菜地"里，把奶奶种的菜吃了几棵，还踩坏了几棵。为此，奶奶和母亲大吵了一顿。20世纪七八十年代，物质确实匮乏，但比起家人间的和谐，几棵菜又算得了什么呢？

当亲人间隔膜重重时，彼此不相容竟比不上街坊邻里。

有一回，我在奶奶家玩儿，爷爷和奶奶坐在炕桌前吃饭，吃的是黄糕（黍子去皮，磨成面粉制成的）。这在当时，绝对不是能够常常吃到的好饭。我的曾祖父，不知什么事儿，来爷爷家了。我记得，他像个来串门的邻居似的，坐在炕沿儿下的凳子上。

曾祖父并不常到爷爷奶奶家。

"他既不养老的，也不养小的，还把小的推给老的，只图自己活得利索、滋润。"我母亲不止一次这样对我说。我想，这可能就是矛盾的根源所在。本是一家人，关系却不好，看来不仅仅因为奶奶不是亲的。

奶奶有时给我讲讲她小时候的事儿。比如，遇见土匪砸门时，她的妈妈就给她脸上胡乱涂抹一层厚厚的锅底灰，带着她整日整夜地躲藏在高粱地里，战战兢兢地大气儿都不敢出。

奶奶是裹足，很少下地干农活。所以，她总是把家收拾得干干净净，就连腌菜的大缸也擦得锃亮锃亮的。我每次见奶奶做饭，她都做得堪称精致。最普通不过的土豆，也是将皮削得一点儿不剩，切成大小一致的条或丝，再下锅烹调。即使现在，我仍然清楚地记得姑姑（我奶奶的亲闺女）来时，奶奶做面条款待女儿，那面条真是又细又长又薄啊。

奶奶还会剪各色各样的窗花儿。一对喜鹊站在梅花枝上呀，一龙一凤双飞对舞呀，栩栩如生。仔细回味，奶奶真是一个心灵手巧、会持家、会生活的人。

在我的记忆里，从没有见过奶奶和爷爷争吵。想来，二次婚姻，可能让他们更加懂得珍惜彼此吧。

每当奶奶的儿女或孙子辈的人来，爷爷和奶奶都要想方设法给他们做好吃的。这种时候，年幼的我们也就越发明显地感觉出爷爷和奶奶对待儿孙们的不一样了。

在爷爷和奶奶病重的日子里，我的父母亲和叔叔婶婶都做了他们应该做的事情。但我想，他们是尽责的成分多，爱的成分少。

有一天，我回家，在老房子的屋后，看见爷爷佝偻着腰，拄着拐杖站在街上，那孤独寂寞伛偻着的身影一直在我的记忆里。

奶奶曾对邻居说："躺在炕上，不能下地走动时，一天到晚总盼望着栅栏门响。伸着脖子盼着有人来陪我说说话，真是天长夜也长啊！"

我不知道，爷爷和奶奶自觉不久于人世，被病痛折磨熬着日月时，是否领悟到爱是有回音的呢？不发出爱的原声怎么可能获得回音呢？

我的曾祖父，一生勤劳，默默地活着又默默地死去。我记得他给生产队放羊回来，从田野里给我们带回像牛奶葡萄一样嫩绿嫩绿的"麻奶奶"。只要用手轻轻掰开，就会渗出像牛奶一样的汁液来，嚼在嘴里，有一股淡淡的甜味儿。我还记得曾祖父挽着我的胳膊，边唱着山西梆子中某场戏的唱腔"哒、哒、哐、哒、哒、哒、哐",边打着转转——那是我人生第一次感受戏曲的魅力。

曾祖父八十多岁时,还帮着叔叔在打谷场上晾晒粮食。他从不喊累,也不向儿孙提任何要求,只有默默地不计回报地付出。

曾祖父像一头老牛,终于老得不能下地劳作,也开始终日躺在炕上。每天清早,我常常被母亲生火的声音叫醒。水雾朦胧中,听见母亲用大水瓢把铁锅里烧开的水舀出来,哗啦啦倒在搪瓷缸里。母亲每天早晨给曾祖父冲一杯红糖水,说是让曾祖父润润嗓子。母亲总把菜熬得软软的。曾祖父的牙齿掉没了,吃起东西来嘴咕嘟得像个婴儿。我还亲眼看见母亲和父亲总把自己碗里少有的几块豆腐(那时难得吃上豆腐),夹到曾祖父的碗里。而曾祖父又常常转手把它夹到我年幼的弟弟妹妹的碗里了。

曾祖父像一盏油灯,尽心尽力地,照亮了,燃烧了,然后熄灭了。他静静地闭上了眼睛,睡熟了一般,倒在我父亲怀里。

曾祖父的一生,承担了自己应担的和不应担的责任。现在想来,他发出爱的原声时,一定是幸福的;当他感受到爱的回音时,一定更加幸福吧。

北京怀想

"我爱北京天安门，天安门上太阳升……"当我挎着妈妈手缝的小书包，蹦蹦跳跳地在车辙深深的乡间小路上唱着《我爱北京天安门》时，还是一个少不更事的乡村女童。

"北京"，是我口中唱着的一个名词。我不知道它在哪儿，是什么样子。但我知道它离我住的地方很遥远，远得让我根本不会产生去看一看的念头。

爸妈告诉我说，毛主席和周总理就住在北京。

有一天晚上，在我们村的一片空地上，三根木头，两竖一横，搭起了一个架子。洁白的大幕挂起来了——村里要放电影啦！

我和我的那些小伙伴，搬上自家的小板凳，早早坐在幕布前的空地上，盼着放电影。乡亲们越聚越多，都坐着自家高高低低的板凳。奇怪的是，那天，乡亲们都很沉闷，完全没有以往放电影时唠嗑、玩笑、呼喊孩子，声音交错闹哄哄的样子。

当大屏幕亮起来的时候，让夜色颤抖的悲伤的音乐也响彻上空。那些坐着的乡亲，先是小声啜泣，后来哭声如决堤洪水，声音震天。我从来没有见过那么多人一起号啕大哭！

我吓坏了。

我问邻家婶婶："婶婶，大伙儿为什么哭呀？"

婶婶用衣袖抹着眼泪，哽咽着说："北京的周总理逝世了。周总理是我们的好总理！"

我还是不明白，北京的周总理逝世了，乡亲们为什么那么难过呢？他们又没有见过周总理。

大大的疑问存在我五岁懵懂的心里。

那一晚的场景在我的记忆里生了根，直到如今依然时常重现。年幼的我隐隐约约感觉到，遥远的北京和我家所在的小村庄，似乎有着千丝万缕的联系。

时光流淌去无踪，成长无声却有痕。

有一天，爸爸从县化肥厂下班回家，递给我一个精致的笔记本，可能三十二开大吧，里边有几幅插页——那是我所见到的最好的笔记本。

爸爸荣获了"劳动模范"的称号，笔记本是他的奖品。

我印象深刻的插页共有三幅：一幅是太和殿的图片；一幅是层林尽染的红叶图景；还有一幅，是连绵群山上蜿蜒而行的八达岭长城。

插页的色彩那么明亮，画面那么清晰，让我十分喜欢。

通过阅读插页的说明文字，我才知道，太和殿是北京故宫主要建筑之一，香山红叶是北京一大胜景，而八达岭长城举世闻名。

北京，竟然有如此宏伟精美的建筑，还有如此让人心驰神往如诗如画的美景！

这些，都是我从未见到过的。

从此，美好的梦想悄然在心底诞生："我要去北京看故宫的太和殿，去北京赏香山的红叶，去北京爬八达岭长城，去北京……"

机会有时就来得那么快而且称心如意。

作为对劳模的奖励，化肥厂包了一辆大巴车，准备带领大家去北京旅游。得知这个好消息，我磨着爸爸，非让他带着我去。爸爸拗不过我，第二天请示了厂领导。让人开心的是，厂领导竟然同意了！

那年，我十二三岁。

当我从大巴车上下来，一脚踏在硬实而平坦的柏油马路上时，我在心里对自己说："我终于来到大北京啦！"

站在八达岭长城脚下，望着我曾在插页中见过的，在山脊上延伸不绝的青灰色长城，我既感到疑惑，又深深被震撼！我疑惑的是，在渺远的时代，没有大型起重设备，单凭弱小的人力，怎么能将如此数量惊人而沉重的条砖运到险峻的山上？砖块儿与砖块儿黏合得如此严丝合缝，又是怎么做到的？这样让人惊叹不已的建筑奇迹，设计图纸的人是谁？长城的源头在哪里，尽头又在何处？这些疑惑，我的爸爸和他的同事们是不能为我解释的。长城，让我赞叹不已。当时的我一点儿也不了解长城的前世今生，一如我毫不了解北京一样。

长城脚下，一棵冠大如伞的树，高大蓊郁，开满似小儿拳头大小的浅粉花朵。这花儿我也很陌生。

北京之行，是我青少年时期重要的里程碑。我如井底青蛙跳出了井口，眼界大开，豁然开朗！它让我见识了我家乡所在的小村庄之外的广阔世界。

之后多年，北京不曾在我的生活中出现。爸妈对我说："北京那么远，住店、吃饭都得花不少钱。等你长大了，咱家有钱了，再去吧。"

后来，我大学毕业，参加工作，结婚生子。在孩子五六岁的时候，我和同事带着各自的孩子，去北京动物园和海洋馆参观游览。孩子们玩得很开心，我也玩得很开心——我真真切切地见到了有漂亮花纹的巨大蟒蛇、高大悠闲的长颈鹿、笨笨的大熊猫、曲线优美的大鲨鱼……说实话，好多动物，尤其是海底世界的鱼类，我都是平生第一次看到。

北京，有太多我不知道也想象不到的事物！

北京，充满神奇。

神奇的北京，有无限魅力！

2015 年 5 月，我又一次来到北京，与中国言实出版社签订家庭教育著作《怎样帮助孩子度过初中这三年》的出版协议。从出版社出来，我站在西城区百万庄大街的街道上，仰望苍穹，想到自己多年寂寞的写作终于有了可喜可贺的成果，真想大喊一声："谢谢你，北京!"

如今，我的散文集《秋叶如花》即将由北京的作家出版社出版。这是三十年前我开始写作时，做梦都不敢想的事情。在与出版社的编辑老师们交流的过程中，他们耐心、谦逊，而对文稿的审定又那么一丝不苟、严肃认真。前几天，作家出版社的编辑老师在电话里对我说："我把有些句子里稍显多余的字给去掉了，这样更简洁。"

当我的文章在《中国教育报》《张家口晚报》等报刊上不断发表的时候，我的儿子也将大学毕业。令我们全家感到荣幸的是，今年下半年，儿子将开始在北京的中国科学院大学研修硕士研究生的学业。去年6月，当我乘着自家的小汽车到中科院大学去接刚刚面试完毕的儿子时，传达室的保安同志那么彬彬有礼地回答了我的询问。在返家途中，儿子收到了面试老师发来的微信："某某同学，祝你一路顺风!"

北京，荟萃了太多才华横溢、敬业认真又充满温情的人!

这些可敬、可爱的人，同样让北京充满无穷的魅力!

岁月如风太匆匆。

在张家口一所普通中学的三尺讲台，二十余载，春夏复秋冬。我曾经陪伴、如今依然陪伴着许多豆蔻年华的孩子在快乐中度过青春。而我们的共同陪伴者，除了当地《张家口日报》和《张家口晚报》外，还有北京出版的《人民日报》和《中国教育报》。

这些报纸都是从学校领导的办公室流动到班级的。

我带着孩子们，每日学习一条新闻。"一带一路"主题公园亮相京城；一甲子跨越上千年——西藏民主改革60周年；湖北宜昌脐橙飘香……涉及政治、经济、文化、科技、法治、生态、外交等许多领域的事情，都从《人民日报》和《中国教育报》上，摘抄、书写到黑板，朗读有声，有些还抄在了孩子们的笔记本上。我们师生一起，经常在中国地图上查找新闻发生地与北京的距离和相对位置。在日复一日的新闻学习中，我终于更深刻地领悟：原来，无论是西北沙漠、西南高原，还是东北森林、东南海岛，每一块土地，每一片海洋，都装在祖国的心里；那里人民的衣、食、住、行、孩子上学、老人养老……都挂在祖国的心上。我才真正深刻理解了我小的时候，那些纯朴善良的乡亲，为什么在那个夜晚，那样深切地怀念远在北京的周总理。

中华大地上勤劳善良和热爱和平的人民，从站起来、富起来到强大起来，是全国人民无比艰难的跋涉，更是相濡以沫、永不停歇的努力奋进。在这支世界上最庞大队伍的跋涉和奋进中，北京——一代又一代国家领导人工作和生活的地方，是民心之所向，是人民的主心骨。

回到宣化老家，老爸老妈对我说："昨天你叔来串门，看见咱家墙上贴着习主席的画像，说：'真得感谢他老人家啊。历朝历代，种地都要缴税，咱们种地，国家不仅不收税，还倒给咱补贴；咱看病，国家也给出钱；政府帮咱村修的平展展的水泥路，下雨再也不会把鞋粘掉了；政府帮咱村安的太阳能路灯，亮汪汪的，不像过去，一到晚上，想去左邻右舍串个门，都得打着手电筒。咱们真是赶上好时代，享福了。'现在，咱村的人再也不焚烧玉米秸秆了。村主任说，宣化属于首都水源涵养功能区和生态环境支撑区，焚烧秸秆会污染北京的空气，甚至影响飞机的起降，咱可不能影响北京啊。"

2019年年底，也就是再过几个月，京张高铁就开通了。这是世界上第一条时速三百五十公里、跨越高寒地带的无人驾驶高速铁路。从我生活的城市——张家口到北京，乘坐高铁也就四十多分钟。我常常对我的学生们讲："孩子们，咱们生活在国泰民安的好时代，乘坐高铁，一节课的时间，就到北京啦！想去看故宫、爬长城、游海底世界、观世园会……那真是轻轻松松就能实现，不像老师小的时候，实现这样的愿望用了好多好多年。"

暑假，湖北的侄孙女小涵来我家小住，我到北京火车站接的她。我拉着她的小手，带她在鲜花盛开的天安门广场拍照。我告诉她："北京，是祖国的首都，祖国的地标，也是祖国的心脏。天安门广场是北京的中心，也是世界上最大的城市中心广场。我们瞻仰人民英雄纪念碑，因为它纪念的是那些为国献身、了不起的人。咱们现在的幸福生活，是这些英雄用鲜血甚至生命换来的。不远处的，是人民大会堂。许多国家大事都是在那里决定的。比如，你将来上小学和初中，不用交学费；如果住校，国家还补贴你生活费用；等等。在毛主席纪念堂，我们可以去瞻仰毛主席遗容……"

我知道，我说的这些话，五六岁的小涵像当年唱《我爱北京天安门》的我一样，有些是完全不懂的。但我相信，总有一天，她会理解我说的这些话。

如今，我经常去北京，再也不用担心吃住的花费。无论是乘坐自家的小汽车、地铁、火车还是飞机，都能体会到北京公路、铁路、轨道交通及航空的繁忙和四通八达。我已经知道，位于中华版图咽喉要地的北京，在亚洲东部，太平洋西岸。北京，不仅是政治、文化和国际交往中心，更是与世界各国密切联系、共生共赢的伟大城市。它就像一颗璀璨的明星，将它灿烂无比的光辉，带给中国人民，也带给世界人民。

我还知道，北京的四周，除了东南一隅与天津接壤外，其余部分，都与河北省山水相通。它不仅离生我养我的家乡并不遥远，而且养育我长大的洋河水，最终汇入官厅水库，也养育着北京人民。北京，与我的家乡——河北，唇齿相依，休戚与共。

我，十四亿中国人中再普通不过的一个。仔细回想我与北京之间的这些小小的联系，我越来越感受到：祖国，不言不语，却用无穷无尽的群山秀水养育着我们的身体；祖国，不言不语，却用源远流长博大精深的文化滋养着我们的精神。我们身心俱佳，是因为身后站着一个拥有千千万万优秀儿女的伟大国家。

我们和祖国不可分割。

写到这里，忽然想起，那天从天安门广场出来，我和小涵手拉着手，一边走，一边轻声哼唱：我爱北京天安门，天安门上太阳升……

不要让小镜子引领我们的头脑

　　某天读到一篇文章，题目已不记得。意思是假如人照小镜子的话，因为它所反映的是局部，故而会将人的不足，尤其是脸部的缺憾清晰地展现，甚至于无形之中将这种不足扩大。比如，额上留下的岁月微痕在小镜子里就显得很深。而这些不足，在大镜子里的映象可能不会引起人丝毫的注意，当然更不会使人耿耿于怀。因为，大镜子所呈现的是各部分之间彼此相关的整体印象。

　　由此，我想到了生活——平淡、琐屑，不经意间就匆匆告别的岁月。有时，我们是那么深情地专注于一件事情，而使生活中的其他不能得到同样深切的关注。譬如，初为父母的人，就很可能在新生的孩子身上倾注大部分甚至全部心血，从而忽略了对方甚至自己。久而久之，就会发现，这种忽略引起了对方的不快或不满。天长日久，肯定会受到这种不满积聚起来而产生的隔阂的惩罚——无休止的争吵。这就是由只关注局部而引起的消极后果。

又如，那些因失恋或其他原因而放弃自己生命的人，就是因为把自己的生命和年华等同于一次恋爱或其他的缘故。倘若一个人能把来人世视为一次不可多得的旅行，把我们来到这个五彩缤纷的世界看成一种庆幸，想到为自己付出爱和辛劳的他人，想到自己同样应该为别人做些什么，他们就不会那么轻率、自私地结束生命。

可见，关注局部还是全局，实在是很重要的事情。

我曾经居住在约二十平方米采光严重不足的房子里。它被稳坐在前面的高楼荫蔽着，常年难得有几寸阳光光临。无论是白天，还是傍晚，一进家门，第一件事便是开灯。每当站在屋外，我便望着不远处沐浴在温暖阳光中的幢幢高楼而心生羡慕。不是羡慕它们的高大和宽敞，而是羡慕它们能沐浴着阳光。同时，内心也曾极为苦恼。这种苦恼使我的脾气越来越坏，对家人动辄"河东狮吼"，尤其是当孩子淘气的时候。其实，每每让我发怒的并不是什么至关重要的大事，它不过是我不良心绪爆发的一截小小的引线。这种心境搅得我多日以来黯然神伤。再加上其他的不尽如人意，使我感觉生活实在毫无情趣和希望。

就在某一天，我读到了本文开头所说的那篇文章，忽然心有所动。是的，我为什么要将其他的许多都抛开，而独独专注于某点不足、某些事情呢？我开始从全局来审视属于我的"现在"。

其一，最应该庆幸的是，生逢太平盛世，不遭战乱之痛苦。假如生在战乱频繁的时代，谁能说准是什么样的境遇呢？

其二，幸而生而为人，而非草木。有思想、有感情；能精烹细作，享受人间美味。飞禽走兽、水中生物、树上"仙果"，只要不违法，愿食之，尽可食之。

其三，身体还算健康。虽免不了腰痛、感冒、发烧，然喜无大碍，暖一暖，贴剂膏药，或冲杯感冒冲剂之类就可以解决。且虽非豆蔻年华，也非耄耋之年，前途仍无可限量。

其四，经济状况颇为良好，可谓衣食俱无忧。虽不能天天山珍海味，然对于吃小米饭长大的我来说，已经很知足了。

其五，家庭比较和睦，孺子也很可"教"。虽不能强求他们均与本人保持高度一致，但大方向还是一致的。

其六，工作颇为稳定。经过努力保住饭碗还不至于很难。时常铭记："民以食为天，生存为人生第一要务。"故而从不敢工作懈怠。这事关家中的其他成员。

其七，身为女流之辈，相貌自是十分重要。本人虽相貌平平，然喜无重大缺憾，这得感谢父母。

这么一想，我忽然发现，自己原来"如此富有"，就觉得这生活还是可过的。房子问题自是十分重要，但它毕竟不是我生活的全部。我的人生还有许多十分值得为之努力的事情可干。怎么能因为这一点就精神萎靡，得过且过，消极处世呢？

人应该不枉来此世间一遭才对呀！别让心中的"小镜子"引领了我们的头脑。

笔名"清泉石"的由来

1991年，我高考落榜，在张家口市宣化县（2016年撤县改为区）洋河南中学复读。

有一天，在我座位旁边的桌上，我看见一沓信纸做成的一个厚厚的本子，本皮上端端正正地写着三个字："月泉集"。这三个字瞬间使我联想到皎皎明月静悬高天，山涧清泉汩汩流淌。

我对那位同学说："你这里边写的是什么呢？我能欣赏欣赏吗？"

他犹豫了好一会儿，同意了。

作为复读生，我是插入他们班的，和这位同学并不熟悉。"不过，"那位同学说，"你看了以后，千万要替我保密！"

我点点头，答应了。

翻开本子，一行行整齐的文字拘谨地排列着，就像新入伍的士兵队列，丝毫看不出男孩子常有的那种潦草和洒脱。字如其人，那是一位性格极其内敛的男孩。天啊！我长那么大，还从来没有看到过那样优美而纯情的爱情表白！他内心深爱着一个女孩，但高考在即，怕影响她的学业，他从未表达出口。

那个女孩要是知道，该会多么幸福呀！

我于不经意间触摸到了一位少年内心最诚挚的情怀。

在滚滚红尘中，有多少爱是世俗的？盲目的？缺乏理性的？建立在他人痛苦之上的？朝三暮四的？又有几多爱是超越世俗的？闪烁理智光辉的？因为不愿给他人造成可能的伤害而埋藏于心灵深处的？地老天荒始终如一的？

一个青春少年，他的感情是无杂质的，也是理智的。有多少人能像他一样呢？在那一刻，我对那位相貌平平、不善言谈的同学肃然起敬！

在那本集子的序言里，我知道集名源于古诗"明月松间照，清泉石上流"，更觉其文意境悠远，情纯意浓。在那一刻，我忽然希望自己能像潺潺清泉无止无息濯洗的一粒石子——洁净、实在、质朴地存在于天地之间。故取笔名：清泉石。

在当时及之后的多年，我从未对熟人说起过那位同学纯洁无瑕的初恋，我用诚信兑现着诺言。我无数次地对人赞美过他文采飞扬的文字，那文字因为真挚而热烈的情感给我留下了美好的印象。

唱响千年的神奇组合

——读《千字文》有感

假如有人抱过来厚厚的一千张纸，每张纸上都写有一个彼此毫不关联的字，交给你并对你说："你把它们好好编排编排，既让它们朗朗上口好读好记，又让它们有一定的内容，趣味横生。"我想，你一定会觉得，这太难了吧！简直难以入手。

难入手也得做。想象一下，我们是不是得先把这些纸一一铺开，让每个字端端正正地呈现在眼前；然后呢？眼里看着这些字，先把能形成内容的字放在一起，如"寒来""秋收""暑往""冬藏"，实现字字组合；再接着，就该把这些有内容的词组排列顺序，实现词词组合，如"寒来暑往""秋收冬藏"；最后，再将这些毫不沾边的词组按照某种构思再度排列，形成某种逻辑联系。在做这种种工作期间，还必须遵循某种韵律，实现铿锵押韵的目的。

说时容易做时难。一千个字眼花缭乱地搁在眼前，岂是一个"难"字了得？

一千四百多年前，有个叫周兴嗣的人，他就被皇帝要求做这样的事情。他是南朝梁武帝的顾问、谏臣，"入则规谏过失，备皇帝顾问，出则骑马散从"。据说类似于现在的中央办公厅秘书或者顾问。据唐《尚书故实》中说，梁武帝为了教诸王书法，让殷铁石从王羲之的书法作品中拓出了一千个毫无关联不同的字，每个字一张纸，然后将这些拓片交给周兴嗣，"使兴嗣韵为文"（语出《梁史》）。周一夜编完，累得须发皆白。《梁史》中记载："奏之，称善，加赐金帛。"

这个让编者累得一夜须发皆白的《千字文》，古人多简称其《千文》，四字一句，共二百五十句，一千个字（其中有一重复的字，即"洁"字）。它以通篇用韵、行文流畅、气势磅礴、辞藻华丽、内容丰富而著称于世。

按照清人汪啸尹纂辑、孙谦益参注的《千字文释义》，《千字文》被分为四部分：

从"天地玄黄"至第三十六句"赖及万方"为第一部分，讲天地开辟，自然万千，商武盛世；从"盖此身发"至第一百零二句"好爵自縻"为第二部分，重在阐述修身养性，忠孝做人；从"都邑华夏"至第一百六十二句"岩岫杳冥"为第三部分，讲述与统治有关的问题，描绘都邑壮丽，上层社会豪华生活以及山川秀美等；自"治本于农"

至第二百四十八句"愚蒙等诮"为第四部分，赞美田园生活和淡泊名利的人们。最后两句，无特别含义，单列出来。

《千字文》作为皇室用书，知名度高，是我国古代童蒙读物中的经典。其脉络清晰、文采斐然，许多人不仅把它作为启蒙教材来读，也把它作为学习书法的绝好范本。就连皇帝和编者可能也想象不到，古代一些需要用较大数字编号的项目，也多采用《千字文》中的字来作为编号。世界上很少有书能像《千字文》这样有编号功能的，可见它流传之广，入心之深。

《千字文》的神奇之处，首先，在于它通篇用韵，以优美而洗练的组合文字呈现给世人，具有音韵之美；其次，在用韵的基础上，还层次清晰地阐释了一些重要道理，具有理智之美；更为难得的是，这些道理不是散乱呈现，而是总体构思，逻辑上具有层次之美！这些都让人不禁感叹周兴嗣的大智大慧！

我在与学生共同学习《千字文》的过程中，深深地被这将近一千五百年前的文字所吸引。读它时，脑海中常常浮想联翩，出现一些生动无比的美好画面。

如："天地玄黄，宇宙洪荒。"天黑地黄，浩瀚宇宙莽莽苍苍，让人如同置身于开天辟地之初的混沌世界。

"寒来暑往，秋收冬藏。"天高云淡，北雁南飞，秋季忙收割，冬季忙储藏，粮食都归仓。辛勤劳作的农人似乎就在身旁。

"云腾致雨，露结为霜。"云气上升，遇冷成雨，飘飘洒洒；露水遇冷，凝为白霜。我们似乎走在湿润的田埂上，埂上野草纷披，草叶上霜白浅浅。

"海咸河淡，鳞潜羽翔。"海水咸涩，河水清淡，河海之中鱼儿潜游，波涛之上鸟儿翱翔，似乎我们就是赤足站在海边或河边的游人，看水、看鱼、看鸟，思考人生。

"鸣凤在竹，白驹食场。"羽毛美丽的凤鸟在竹林间鸣叫，竹枝竹叶被凤鸟踩得上下摇晃；少壮的白马劳动的间隙在翻晒粮食、碾压谷物的场上咀嚼草料，脖颈上的青筋条条凸起，一俯一仰，宁静安详。

"盖此身发，四大五常。恭维鞠养，岂敢毁伤。"人的身体发肤分别属于"四大"，一言一动都要符合"五常"；恭蒙父母生养爱护，不能有丝毫毁坏损伤。每读此句，就想到母亲手端饭碗，喂幼小的我吃饭或正把衣服套在我的身上。

"知过必改，得能莫忘。"知道自己有过错，一定要改正；适合自己干的事，不要放弃。总让我想到廉颇老将负荆在蔺相如面前低头认错，而蔺相如则弯腰俯身欲扶起老将。同时，自认为写作是适合自己干的事情，纵然难处多多，也绝不轻言放弃。

"罔谈彼短，靡恃己长。"不要谈论别人的短处，不要恃才放旷，不思进取。读此，似有耄耋老者在前谆谆告诫年轻者。内心轻问，这两条你很好地做到了吗？

"德建名立，行端表正。"道德笃厚，声誉良好，形体端庄，仪表肃穆。这不就是"内心善美必形之于外"的最好诠释吗？这也是我一生不变的追求。

"祸因恶积，福缘善庆。"多次作恶积累成灾祸，幸福生活源于多年的行善积德。让人不禁想起那些锒铛入狱的人，他们在被关进监狱之前对自由的门外最后的一瞥；也让人想到那些为社会尽心尽责辛劳一生的人脸上笑容的灿烂。

"孝当竭力，忠则尽命。"孝敬父母尽心尽力，为国尽忠不惜生命。忠孝自古就是中华儿女传承的美德，不忠不孝枉为人，忠孝在心更在行，不因事小而不屑。

"似兰斯馨，如松之盛。"像兰花一样馨香怡人，像青松一样葱茏茂盛。读此，好像悠然绽放的朵朵兰花和屹立不倒的坚劲青松就在面前，不免遐想：人格境界是否也该如兰似松呢？

"川流不息，渊澄取映。"河水滔滔，不绝流淌，深潭如镜，澄澈照人。如若我们身临其境在河边看着滚滚洪流，或静静端详着明净的潭水，必扪心自问："物质世界生生不息、变化不止，今天的我是否比昨天的我人格更完善、才能更精进、所言所行更利于社会或他人呢？"

"学优登仕，摄职从政。"学习出色步入仕途，担任职务参与国家政事。国家兴亡，匹夫有责，有才能更应勇于任事，为国为民奉献力量。即使我们没有职位，也应该建言献策，推动社会进步和谐。

"上和下睦，夫唱妇随。"长辈和小辈和睦相处，夫妇一唱一随。你是否想到自己小时候和爷爷奶奶、爸爸妈妈一起在小院子里安然处世各忙各的，又平等互爱彼此照应着？又是否有一张张全家福照片从眼前翩然飞过？

"外受傅训，入奉母仪。"在外听从师长教诲，在家遵守母亲的规范。读此，是否会反躬自问，我是这样听从师长和母亲教导，端庄大方的女子或严谨帅气的男子吗？

"交友投分，切磨箴规。"结交朋友要意气相投，学习上切磋琢磨，品德上互相劝诫。读此，内心是否像我一样忽然就想到了自己那些虽淡然如水却心灵相通的挚友？

"守真志满，逐物意移。"保持纯真天性，内心就会满足，追求物欲享受，天性就会转移。我想你的眼前一定会浮现出那些一生怀抱纯真美好，孜孜不倦在文学艺术或科学旅途中跋涉不已的大家形象，比如我国航天事业奠基人之一的梁思礼，比如我国著名的女作家杨绛。他们恪守道德，奉献事业，生活朴素常乐。那些天天纸醉金迷的人是不是该惭愧呢？

"图写禽兽，画彩仙灵。"（宫殿上）绘着各种飞禽走兽，画着五彩的天仙神灵。读此，你是否想到了故宫的飞檐斗拱，雕梁画栋？或者，像我一样，同时还想到了老家村子里那古老的戏台？顺便不由得也想到了戏台下一边手摇爆米花的铁家伙一边唠嗑的老人家？

"肆筵设席，鼓瑟吹笙。"大摆筵席，乐人鼓瑟吹笙，一片歌舞升平景象。这是不是让我们马上想起了参加过的隆重的婚礼场面？

"既集坟典，亦聚群英。"既收藏着很多古籍，又荟萃着文武英才。你是否像我一样，读此文字立刻想到了自己上大学时那典藏丰富的图书馆和雄姿英发的大学老师？还有大学同学们那张张青春勃发的面庞？

"策功茂实，勒碑刻铭。"（朝廷）详尽确实地记载功德，刻在碑石上以流传后世。人只有做了不朽的事业才有不朽的流传，真正的不朽在碑刻，更在百姓的心里。

"宣威沙漠，驰誉丹青。"（他们）的声威远传沙漠边地，美誉和画像一起流传后世。如今，有多少让人尊敬的人声名远播，为国争得了荣光，他们是我们国家的象征，就如同安徒生代表丹麦，莎士比亚象征英国一样。

"九州禹迹，百郡秦并。"九州处处留有大禹治水的足迹，全国各郡在秦并六国后归于统一。大禹治水，不仅实干而且巧干，他吸取父亲鲧治水的教训，不断探索，方把事情办成办好。还想到，自古以来，我国就是一个民族融合向往统一的国家。

"旷远绵邈，岩岫杳冥。"江河源远流长，湖海宽广无边，名山奇谷幽深秀丽。如此山河灵秀的地方在中华大地上数不胜数，热爱祖国就该热爱身边的一山一水、一草一木。

"治本于农，务兹稼穑。"治国的根本在发展农业，要努力做好种植和收获这些农活。像我们这样的人口大国，农业不稳则国家不稳，农民不富则国家不富；农业现代化了，国家才能现代化；农民先进了，国家才先进。美丽乡村与现代乡村的建设绝不仅仅是只与农民有关的事情。

"孟轲敦素，史鱼秉直。"孟子诚恳纯洁，史官子鱼秉性刚直。像孟子和子鱼这样的人多了，社会就不会只报喜不报忧，发现问题和不足进而解决它，方有快速提升和进步。

"索居闲处，沉默寂寥。"离群独居，悠闲度日，不必多言，周围寂静空旷。我就想，假如没有离群索居、空旷寂寥的岁月沉淀，怎么能有庄子的《逍遥游》、老子的《道德经》、美国作家亨利·戴维·梭罗的《瓦尔登湖》或其他传世杰作的诞生？

"枇杷晚翠，梧桐蚤凋。"枇杷到了岁晚还苍翠欲滴，梧桐刚刚交秋就早早凋谢了。非枇杷坚强，梧桐懦弱，实是天性使然，不可强拧。树木尚且如此，何况人呢？凡人凡事都应遵循事物的发展规律。

"陈根委翳，落叶飘摇。"陈根老树枯倒伏地，落叶在秋风中飘飘摇摇。生命没有回程票，让我们去做勇往直前的战士吧，即使垂垂老矣也绝不后退！

"具膳餐饭，适口充肠。"安排一日三餐，要适合各位的口味，还要让大伙儿吃饱。在粮食紧缺的年代，把自家最好的东西拿出来款待客人，自己却吃粗粮的邻居宛在眼前。

"亲戚故旧，老少异粮。"亲属朋友会面要盛情款待，老人和小孩的食物应和自己的不同。这种贴心贴肺的关照多么令人感动！

"昼眠夕寐，蓝笋象床。"白日小憩，晚上就寝，有青篾编成的竹席和象牙雕屏的床榻。竹席也好，床榻也罢，只要身心安康，就能安然休憩。有人之所以不能安睡，只因内心躁动不安。可见，最宝贵的不是金钱，而是金钱难买的坦然。

"弦歌酒宴，接杯举觞。"奏着乐，唱着歌，摆酒开宴，接过酒杯举起来，开怀畅饮。酒逢知己饮，诗向会人吟。生逢太平世，天天可歌饮。国人一定要且行且珍惜。

"诛斩贼盗，捕获叛亡。"对抢劫、偷盗、反叛、逃亡的人要该抓的抓，该杀的杀。这多像既打"老虎"又拍"苍蝇"。家无规矩不立，国无法度不宁。法治还需法制，律令严明才能气正风清。

"孤陋寡闻，愚蒙等诮。"这些道理孤陋寡闻就不会明白，只能和愚昧无知的人一样空活一世，让人耻笑。我们自不愿做缺识少见之人和愚蠢蒙昧之辈。以书为伴，深入社会，就能广闻博见以治愚病。

《千字文》，人间世，接地气，内容丰。我约略谈及的不过是凤一羽牛一毛，还断章取义，浮想重重。我想，《千字文》的价值也许正在于它给了后人无限的想象空间，能让不同时代不同的人读出不同的意蕴，常读常新。它的神奇在于本来风马牛不相及的一千个字义相对固定的字，因为编者注入了自己的心意和精神，如深山璞玉被精雕细琢成了晶莹剔透的存在，在时代长河中闪耀着独特的光华，散发着恒久魅力。

试问天下以文字为友的人们，我们能为子孙后代留下如此言简意丰的文化遗产吗？

砗磲手链

朋友送我一条珠圆"玉"润的手链,粒如豌豆,白如象牙,似石非石,似玉非玉,不透明,有可爱光泽。绕了四圈戴在手腕上,凉凉的,稍过一会儿,就没有特殊感觉了,就像优质纯棉衣服穿在身上,知道穿着它,却觉察不到压力感。仔细端详,好像自己的手比原来小巧了,胳膊也没有原来空无一物时那么粗壮了。

这条小手链让我很喜欢。

我对朋友说,这手链看起来既不像珍珠又不像玉石制成的,到底什么做的呢?

朋友说:"砗磲。"

我说:"你看我这水平,两个字一个也不认识。"朋友说:"读chēqú。"

我压根儿就没有听说过这个名词,也根本不认识这两个字。但"砗磲"这两个字一下子就让我想到了石头,又想到了乡间道路上那一道道牛车、马车碾轧形成的小沟渠。

这"砗磲"二字真是令人匪夷所思、浮想联翩啊。

我这人爱较真，遇到不认识的字或词或是没听说过的事物，总想探个究竟、弄个明白。

先拿出字典来，翻开一看："砗磲，软体动物，介壳略呈三角形，大的长达一米左右。生活在热带海底。肉可以吃。"上网再搜搜，哈哈！关于砗磲的文字及图片还真不少！略摘文字介绍如下：

车渠，也叫砗磲（chēqú），是分布于印度洋和西太平洋的一类大型海产双壳类。世界上报道的只有9种，都生活在热带海域的珊瑚礁环境中。我国的台湾、海南、西沙群岛及其南海岛屿也有分布。砗磲是世界上最白的物质（白度是10），是稀有的有机宝石，亦是佛教圣物。砗磲是海洋贝壳中最大者，直径可达2 m。

砗磲一名始于汉代，因外壳表面有一道道呈放射状之沟槽，其状如古代车辙，故称车渠。后人因其坚硬如石，在车渠旁加石字。砗磲、珍珠、珊瑚、琥珀在西方被誉为四大有机宝石，在中国佛教，与金、银、琉璃、玛瑙、珊瑚、珍珠一起，被尊为七宝。

砗磲，世界自然保护联盟濒危物种红色名录列为：易危（VU）。库氏砗磲在中国是国家一级保护海洋生物。

过去，由于南海主权保护以及经济发展等原因，政府默许了砗磲的采集、销售行为。在很多人看来，砗磲采集让这一"佛教至宝"重放光彩。

但想不到的是，以前，砗磲都是躺在海底，直接过去"捡"就可以，现在，很多情况下得用吹沙设备吹去海里厚厚的尘沙，才能采集到一两片砗磲。这种吹沙设备无疑将损坏珊瑚礁等其他海底生态，严重破坏海底环境。另有一些砗磲隐藏在珊瑚礁之中，要采集，就需要用船甚至炸药摧毁珊瑚礁，导致海洋环境遭巨大破坏。2015年，我国政府下发了多项砗磲禁采文件，对砗磲的非法采集、销售行为进行了严厉打击。

在阳光下，我仔细端详和摸索着这一颗颗砗磲珠粒，想起朋友对我说的话："现在已经禁止买卖砗磲了，这是我前几年珍藏的，戴在身上能增进身心调和、启发自在智慧、带来好运的，送给你吧。"我感慨万千。

我一来感慨老祖宗造字的智慧，让人见字就能发生联想，还能猜出个大概；二来也感叹这在海底世界神游了无数日月的巨大生命，它身体的一部分竟然能跨越数千公里，以这样玲珑可爱的模样来装饰一名女子，且还附带着友情的温暖。

你说，这世界是不是极奇妙呢？

城市角落里的精神绿洲

我和孩子一起，匆匆走在城市的街道上。冬日暖阳的光辉笼罩着我们，也笼罩着路边那些卖水果、蔬菜和杂货的人。

"阿姨对我说，给你推荐个好去处吧，是个书店，虽然不很大，但是很安静，很温馨，很值得一去。"

"哦。"

"应该就在前边不远，祭风台街，38路公交车终点站附近。"

"哦。"孩子又应了一声。

远远地，看见了，一本展开的书的造型，大大地镶嵌在墙上。一枚印章，小篆字体——"上下"。

"就是这儿！"

一掀门帘，帘上的铃儿响叮当，似在告诉书店的主人：

"有人来啦!"

书店的女主人，文文静静。

干干净净的地板，干干净净的书架，干干净净的原木小桌和长椅，书架和桌上的书籍码放得整整齐齐。

一间狭长的向阳的房间，摆着一张长桌，桌上放着笔墨纸砚。在这儿，人们不仅可以坐下来看书，也可以挥毫泼墨、习字画画；一间棋室虽不算大，但十分雅致，正可与好友对面而坐，执子对弈；一桌四椅的茶室，可与趣味相投的两三挚友品茶闲谈；专门的影室，是专为会员免费放映电影的，会员每月可以约三五挚诚好友，一起欣赏一部电影；当然，如果需要，会员每月还可以免费给年幼的孩子借一次乐高玩具。

除此之外，许多人之所以喜欢这里，主要的原因，我想可能是会员可以从这里免费借阅琳琅满目的各色书籍，低到儿童绘本，高至哲学经典，都可借到。如果喜欢某位作者的书籍，而书店恰巧没有，只要告诉主人，书店就可代为购买，所买书籍一律享有八折优惠。

问起书店的男主人，为什么想起开书店。他说："一来，想给妻子找点活干；二来，想给孩子找个去处——可玩可学的好去处；三来，岳父喜欢书法，有空他可以在书店写写毛笔字；还有一点，自己这些年一直忙于工作，有一天突然就想好好地看些书，发现自我，反思自我，探寻人生的意义。我想让书店成为我们家庭生活的补充，成为我们生活的一部分。"

"哦，原来是这样！"

"您这书店干净、整洁、温馨，像家一样。"我说。

"读书，就应该是一种享受。真正的读书，是人与书的亲密融合，是与作者的深入交流与对话。读书是很私密的事情。我希望读者在我这小书店读书，能尽量舒适一些。只要读者愿意，尽可以半天半天地泡在书店里，尽情享受阅读。"

轻柔的音乐声中，一些读书的孩子坐在鼓形的座位上，安静而专注地捧着自己喜欢的书在读；一位年轻的妈妈，怀抱着两三岁的宝宝，左手执书，右手翻动书页，一边翻一边柔声细语地给孩子讲故事，孩子安静地听着……

这对开书店的小夫妻真让人羡慕，他们相亲相爱地做着两人同样喜欢的事——同时也是有意义的事。他们一家人，都情趣高雅、精神富足，这也令人羡慕。我想，这是真正地富有吧。

"有许多人特别爱读书，如果都买也不现实。所以，古人有言：书，非借不能读也。借书阅读让我们读书的效率更高，也更认真。另外，有些书，读了就可以，不必收藏。有些读者想买书，又由于各种原因，自己买非常不方便，而对我们来说，买书就方便和快捷多了，所以我们可以替读者买书。我们这里的图书大多是根据一些读书网排行榜上大家普遍认可的书单购买的，在此基础上我们又做了一些筛选。时间是最宝贵的了，我们要替读者把好关，尽量选择那些价值高的书……"

想想我们身边，有多少父母在埋怨孩子不读书、"手机控"？可与此同时，又有多少父母自己整天远离书籍，不断刷着手机屏、电脑屏呢？在家中，有人读书，有人正想看电视；有人读书，有人可能与邻居聊得正欢，却不得不把声音放低，小心翼翼……如果我们置身书店，则氛围单纯同一，更利于真正把书读深读透。好父母懂得关心孩子的精神成长，不让孩子置身于精神的沙漠，思维窄化，心生荆棘，偏离人生正确航向。好父母会常带着孩子光顾书店、博物馆、科技馆等人类智慧集聚的地方，为孩子寻找一处容易迈进，有格局、有内涵、有风度、有境界的人生入口。

这个在城市的角落安然存在着的上下书店，几乎不受人声车声喧闹的影响。古人说，闹中易取利，静处好安身。在城市中这样书香四溢的清净之处，什么都可以想，或什么都不想，就那么手持一书静静地发呆，让心灵安宁，是不是也是一种幸福呢？

书店的男主人说："在一开始的时候，我们也曾焦虑过，担心书店经营不下去。现在，我们一点儿也不担心了，因为书店只要开着，最起码自家老老小小都在受益，这比什么都重要啊。"

我对他说："世人活着，有人从不省察人生，有人时时反省自己；诚实的人即使无人监督也会诚实，虚伪的人即使众目睽睽也会虚与委蛇；堕落的人不停地堕落，进取的人不断地进取；游戏的人总在游戏，学习的人总在学习。也就是说，有些生命总在浪费，有些生命总在努力。还有人处在中间状态，既不进取也不堕落，日复一日。天地大美而不言，心地大美而不语。而亲近人类智慧的结晶——书籍，虽不能立刻就带来看得见的经济效益，却是解决人生的方向问题，解开人生困惑迷惘的最简单易行的好途径。它能让人精神上自我疗伤、自我丰盈，从而为人生把握入口与航向。好的书籍正是滋养人心灵土壤的甘霖，让它生长美丽的花朵，结出甘甜的果实，不让心灵呈现丑陋贫瘠的模样。"

从书店出来，孩子对我说："妈，我特别欣赏书店的男主人，他不仅务实，为家里的每个人都做了深远打算，有理念、有规划，站位高远，选择明晰，而且工作之余，还如此珍惜时间，学习不止。与那些随便抛弃光阴就像随手扔掉垃圾的人一比，真是有生活智慧的人啊。"

"是啊，我也有这种感觉。有这样一位好父亲为榜样，有这样温暖的环境来生活，孩子心里一定满满地全是阳光，能不快乐吗？这样谦和平静、相亲相爱的一大家人在一起，生活能不幸福吗？"

在纷纷扰扰的世界，每一家好的书店其实都是让心灵安宁的居所。人活着，当衣食住行的物质需要得到基本满足后，精神上的探索与创造就最能体现意义与价值，最值得人去孜孜以求、上下求索了。书店，恰恰能搭起一座座桥梁，让人实现从庸常物质到高尚精神的跨越。

上下书店只要开着，就是这座小城里的一片精神绿洲。谁经常在这片绿洲上长久地驻足停留，就一定能茁壮成长。

只有精神健硕的人才能拥有比较完满的岁月。

定会爱上郑板桥

——读郑板桥《潍县署中与舍弟墨第二书》有感

余五十二岁始得一子，岂有不爱之理？然爱之必以其道，虽嬉戏玩耍，务令忠厚悱恻，毋为刻急也。

平生最不喜笼中养鸟，我图娱悦，彼在囚牢，何情何理，而必屈物之性以适吾性乎！至于发系蜻蜓，线缚螃蟹，为小儿玩具，不过一时片刻便折拉而死。夫天地生物，化育劬劳，一蚁一虫，皆本阴阳五行之气，绸缊而出。上帝亦心心爱念。而万物之性，人为贵，吾辈竟不能体天之心以为心，万物将何所托命乎？……

我不在家，儿子便是你管束。要须长其忠厚之情，驱其残忍之性……家人（指仆人）儿女，总是天地间一般人，当一般爱惜，不可使吾儿凌虐他。凡鱼飧（sūn：熟食品）果饼，宜均分散给，大家欢嬉跳跃。若吾儿坐食好物，令家人子远立而望，不得一沾唇齿；其父母见而怜之，无可如何，呼之使去，岂非割心剜肉乎！

夫读书中举、中进士、做官，此是小事，第一要明理做个好人……

《潍县署中与舍弟墨第二书》选自《郑板桥集》，是古代家书的典范。郑板桥（1693—1766），名燮，字克柔，号板桥。江苏兴化人。清代著名画家、文学家。

这封家书，我读了不止一遍。每次读它，都心有所动，不由得想为郑板桥点赞。

文如其人。从这封家书中，我们可以强烈地感知到他的平等意识。追求平等是人类永恒不变的主题之一。理论上讲，人是生而平等的。但事实上，人从一出生就有云泥之别。生在发达国家或第三世界；生在沿海城市或边远地区；生在高富之家或低穷屋舍；身体健康或天生残疾……如此悬殊岂能有真正的平等？所以，人与人的平等，大多时候只是一种美好期冀与社会理想。身处21世纪的我们，享受着前人从未享有过的最大程度的平等，也许并不能真正认识到平等意识有多么重要。郑板桥作为等级森严的封建时代的县令，他的平等意识实属难能可贵。他不仅自己不傲物、不傲人，而且要求堂弟郑墨教育自己的孩子不可凌虐仆人的儿女，还嘱咐他们"凡鱼飧果饼，宜均分散给"。一个"均"字就可看出，郑板桥是把仆人的孩子与自己的孩子平等对待，绝不是做做样子。他是怕仆人的孩子"远立而望，不得一沾唇齿"，仆人就会感到"割心剜肉"般地难过。可见，在郑板桥心中，人与人的生命是平等的。他不独亲其亲，不独子其子。替别人着想是植根于内心的修养，对他人的真诚关爱和体谅之心，纯美无瑕，令人敬佩。

在郑板桥看来，平等还体现在人与其他生命的平等。他不仅自己"最不喜笼中养鸟"，还不让孩子们"发系蜻蜓，线缚螃蟹，为小儿玩具"。不仅怀着恻隐之心，更从实实在在的芝麻小事中身体力行，令人敬佩。

他认为"读书中举、中进士、做官，此是小事，第一要明理做个好人"。须知，郑板桥处于封建时代，是"读书"就为"中举、中进士、做官"的时代。这样的淡泊名利、不慕权势、超凡脱俗，能不令人敬佩吗？

他在山东潍县做官，家人远在江苏兴化。虽远隔千山万水，但他仍不忘时时飞鸿传书，谆谆教导家人。可见，他责任在胸。反观当今，许多人即使不出门谋事，也"忙得脚不沾地"，从不担当教育子女的责任。与郑板桥一比，有些人真该惭愧呢。

郑板桥是清代著名的画家和文学家，才华横溢自不必多说。我想，不成好人，难成大家。正由于他能秉持"第一要明理做个好人"的做人理念，所以才成了书画界与文学界的领军人物，让世人敬仰。

家书不是官样文章，更不是应景之作，最能体现一个人的真性情。这封家书让我们看到了郑板桥学问和人格上的高度。倘若同处一个时代，我一定会是他的"超级粉丝"，爱上他吧。

给孩子的信（一）

孩子：

当我坐在桌前，给你写这封信的时候，窗外的阳光正朗朗地照着。楼前，一簇簇紫粉色的槐花在绿叶间开得正浓。

想想我们在一起互相陪伴着的时光，好像不是十几年而是十几天，你说，时间是不是过得飞快呢？

现在，你正像一列火车奔驰在实现理想的路上，每天都在飞快地前进。孩子，不要担心，更不要忧虑，天地广大，只要我们是正道直行、努力向前的人，肯定会有丰硕的收获。而将来的我们，也定会感谢现在拼搏不已的自己。

妈不奢求什么，只要你每天平安、健康、快乐，这就够了。学业上但求尽力，无愧无悔。

妈还想说，我们所遇到的人，并不一定都是我们所喜欢、所欣赏、所愿意和他相处的人。总有些人初次相见却能一见如故，总有些人相识数十年却只能白头如新。所以，投缘的深交一些；不太投缘的，点点头也就罢了。不必奢求别人，更不要以自己的好恶去衡量别人，这样就能省却好多不必要的烦恼。想想，世界上的哪个人不是生活在不确定之中，生活在不易之中？我们要尽可能地理解和宽容别人。如果有能力，也要尽可能地帮助别人。帮助别人就是帮助自己。

以我将近五十年在世上行走的经验，无论结交男女老幼，一定不要与那些心理不健康的人交往，比如极自卑、极自负、极悲观、极傲慢的人。一个人不能正确看待自己，必然不能正确看待他人和社会。心理不平衡、心态不平和的人，他眼中的世界一定是倾斜的，他对世界的理解也一定是模糊、偏激而不符合常理的。这样的人，常常不可理喻。

啰嗦了这么多，妈其实就是想提醒你，成人世界不似孩童世界，凡事复杂而勾连，明明暗暗地有许多学问。咱们要持一份明白的心，有一双明亮的眼，学会辨别与判断、权衡与斟酌。

在择友方面，要结交那些有品质、有品德、有品位的人。同时，自己也要不断提升道德修养，努力成为这样的人。

孩子，你明白的，无论何时何地，妈永远是你强有力的后盾；而你，永远是妈最心疼的人。

窗外，倦鸟已归林，正在叶丛间互诉衷声。就此搁笔，妈要去窗前细细地聆听。

给孩子的信（二）

（一）

我初次见到手指画，是在宣化洋河南镇邓家台乡上初中的时候。现在，这所乡镇中学早已经不存在了。

有一次，我们那位个子不高的男老师来上美术课。那时，他应该有三十多岁吧。教室黑板上方的木框上有一个钉子，好像是专门为了悬挂地图什么的。那天，他展开一幅画，把它挂在钉子上。画的内容我已经记不清了，只记得老师说："画画，可用的工具非常多。毛笔、铅笔、钢笔、粉笔、油笔、蜡笔，等等。当然啦，就是手头什么笔都没有，也可以画画的，比如这张画。"我们都很惊奇，不知道老师墙上的那幅画是怎么画出来的。老师手心冲着我们，举起自己的一只手，说："用手指画呀。"

那次美术课不久，我买了平生第一张宣纸。在我从小生活的家乡，是什么"家"也没有的。画家、作家、音乐家等等，统统与我们的生活不沾边。所以，我实在孤陋寡闻，什么都没见识过。我铺开那张比自家糊窗户用的纸细腻柔软得多的宣纸，一时还真有点儿不敢下手。

我一边想着美术老师说的话，一边用食指蘸了墨汁，依着我脑海里的想象，把食指指肚放平，在宣纸上粗粗细细地抹了几抹，树干和树枝就画成了。我看着，真是高兴呀！我又用小指指肚蘸了少量的红墨水，在树干、树枝上，在自己觉得应该开花的地方点上了一个又一个的小红点，有些小红点排列成一朵花的几个花瓣。我的梅花图就画成了！

我小心翼翼地在桌上展着那张画，让它干透了。我心里盼着上美术课，心底急切的盼望从没有那么强烈过，甚至超过对过年穿新衣裳的那种期待。等到终于上美术课的时候，我迫不及待地把自己的画拿给老师看。老师夸我说："嗯，画得挺好！"这句话让我那一整天都喜滋滋的。

现在回想，我那信手涂鸦，既不懂构图、设色，又没有光影效果，实在不过是我想象中树的样子，花的样子，肯定既僵硬，又无美感。老师是美术专业出身，只要扫一眼就能看出它的拙劣。老师之所以夸我几句，如果不是随口敷衍，便是怀着仁爱之心，不愿打击我学习的热情。我想，老师是真诚的。

到目前为止，我的绝尤仅有的那幅手指画，是我在美术方面的唯一一次尝试——随心所欲的"创作"体验。虽浅陋无比，但于我却非常有深意。它使年幼无知的我感觉到了绘画带给人的愉悦，那种愉悦绝不是吃到了轻易吃不到的香蕉或是过年换上了新做的格格衣裳所能比的。那是一种精神上的满足，是最初的创造精神闪烁的光亮，虽然它极微小，却影响深远。

后来，我忙着考学，就再也没有买过宣纸，当然就更没有画过什么"画作"。我也再没见过我的那位可敬的美术老师。不知道老师现在过得怎么样，如果他还健在，应该快有七十岁了吧？他肯定不会想到，自己的一名已近知天命之年的学生，会在此刻想起他，想起他的那句话："嗯，画得挺好！"

孩子，记住，不要嘲笑爱迪生那些费了九牛二虎之力也没发出光亮的电灯；也不要嘲笑你身边那些看起来"笨得不能再笨"的人的努力尝试。我们所能做的，除了对他说"嗯，我看还不错"外，就是告诉他："你可以再试试！也许再……就会更好。"因为，每个人都是这样，从什么都不会、不懂、不行，慢慢变得会了、懂了、行了的。

（二）

孩子，你可能会问："哎，妈，你怎么无缘无故忽然想起三十多年前画手指画的事来了？"

这世上几乎没有无缘无故的事。

城市角落里的精神绿洲

关于风景

横岭海棠

我之所以想起了画手指画的事，是因为我看见手指画了，就在昨天，就在一位老师家，而且还那样让人过目难忘。

虽然是数九寒冬的午后，太阳却比较大，风比较小，难得的好天气。我有事要办，到紫君老师家。我曾在市作协组织的几次采风活动中见过紫君老师几面。紫君老师应该年长我几岁。因为彼此不熟识，所以不曾深谈过什么。一次去尚义采风，炎炎夏日，紫君老师戴斗笠、穿布衣，古味十足，平静中常带笑意，让人不由得想起柳宗元诗中的"孤舟蓑笠翁"；又不由得想到留给后人"东坡肉"美食食谱的苏轼。有一次在枫谷小区，几位朋友与自媒体"语夜山城"的主播梅老师小聚，我们围桌饮茶、闲聊，紫君老师就在茶桌旁不远处，"轻拢慢捻抹复挑"，心无旁骛地抚琴，时而悠扬如鸽群在云中穿行；时而低沉似鱼群游向海底；时而叮咚作响如溪流漫过浅石；时而激越如狂风卷起秋叶……恍如隔世之间，我眼前浮现出了电视剧《三国演义》里在南阳草庐抚琴吟哦的诸葛孔明。

紫君老师的家，茶室一间，琴室一间，画室一间，墙上悬挂着自己的画作：墨荷图、石榴图、山水小景等。画作均清新淡雅，让人观之心静，细品更觉妙趣横生，不由得想起在书中欣赏过的齐白石先生和丰子恺先生的作品。我这个对美术一窍不通的人，真正是赞叹不已！

有几幅画好不久还未装裱的小幅画作，散放在墙边的桌上。其中一幅，画的是几个莲蓬，枯瘦的茎秆已载不动那结了籽实的莲蓬，折了，却不断，就那么垂着，让你想到莲蓬里那颗颗饱满如珠玉的洁白莲子。

紫君老师指着这幅小画上的题跋，说："花开是景，花落是诗。"真是禅味隽永，让人深思。

人的一生是不是也应该活成这样：在不同的阶段都活出最美好的姿态？

如此意境迭出的画作，不想却是手指所画，这又让我吃了一惊！

人说，文如其人；又说，字如其人。其实，琴棋书画无一不是人内心和境界的写照，画也如其人啊。

画有品、有味、有境，是因为画它的人有品、有味、有境。

在回来的路上，我望着车窗外川流不息的人群，望着路边一幢幢高楼大厦，不由得想到有人曾说："闭门即是深山，读书随处净土。"一家就是一世界。同样是生活在一幢幢的单元楼内，有的人天天醉生梦死，有的人时时损人利己，有的人年年强取豪夺，有的人月月浑浑噩噩，有的人一辈子虚情假意，有的人没一天珍惜自己……

孩子，这画什么，怎么画，不仅仅是工具、技法与技巧的问题吧？它其实是人生态度与追求的问题。你说呢？

关于风景

（一）

在读过的书中，描写风景的文字有不少，令我心驰神往的却寥寥无几。方位介绍、结构布局等大段的说明文字有时干脆跳过不读。或许是因为文字描绘太长、太细、太全，而我耐心不够；也可能是由于我的空间想象力太差，不能按照作者的思路想得清晰，于是只好对不起作者了。

自己写文章，关于环境的描写少得可怜。不是为了避"风花雪月"的嫌疑，委实是因为不能很好地驾驭文字，总使风景描写空泛而累赘。只有一篇文章例外，其中有不少环境描写，自己感觉还算满意，可惜它不知散落到什么地方去了。

现在想来，我之所以破了例，是因为那时的我以一种从未有过的心境注意和欣赏着周围的环境。

正是那时，我懂得了风景对于人的至关重要。它不仅为人类提供了生存空间，更重要的是，它的宽阔使人认识到天地的广大，心中的百结愁肠自然就淡化了。

（二）

昨天晚上，独自拥被而卧。窗外寂静，往日汽车由远而近又由近而远飞驰的声音，行人走过时的闲聊声，都不知跑到哪里去了。

楼前那一树浅粉的杏花儿，楼后那一树嫩黄的连翘花儿，一定正冻得瑟瑟发抖吧？那凝结在一朵朵娇弱的花儿上的雪，怎么忍心？它们是否有深深的歉疚？它们也不是故意的，也是身不由己呢。

二十年前，深冬，武汉东湖，曾见过一大片盛开的梅花林！之后二十年间再不曾在任何地方见过那样的冬日美景！梅树并不高，人站在树前，正好能嗅到花的清香，触到那细细的乍开的花蕊。梅林盛开在湖边的坡上，东湖的水清澈平静。那是我生平第一次去到江南，第一次看到冬日里繁花怒放！不知现在的东湖是否清澈依然，是否梅林依然。

忽然又想到自己的童年。

我们村的地势南高北低。站在村南最高处的田埂上，只要天气晴朗，准能看到几十里之外的工厂高耸的烟囱。

每当玉米长到一米多高，那成片的绿就把大地遮得严严实实。玉米抽穗的时节，那成片的绿上又镶了一层淡红，而这时，太阳总是那么静静地普照，不论在天的中央还是山脊的边上。天也总是那么静静地笼罩，或晴成透明无物，或像极了海岸，满卷着层层洁白的浪花。站在田埂上的那个人，也静成一道风景。那个人就是少不更事的我。

东湖的梅林只是让我怀念，因为它不过是我记忆中的风景；故乡的玉米地却让我心里充满温情，因为那是滋养我的土地。

这一点，我小时候不懂，现在懂了。

海的遐想

平生第一次见到大海，是十多年前，在山东蓬莱。当时的感受在本书《山东见闻录》中已描述过了。那次旅行，还去了其他几个城市。

有一天晚上，当我站在海边，手扶护栏，静看如墨汁一样的海水无声无息微微涌动的时候，远船灯火在漆黑夜色中点点闪亮。忽然想到"如临深渊"一词，心底惊悚。想象着它的深不可测，想象着它能吞噬一切，不敢久留，逃也似的离开栏杆。

自此，心中就对夜间的海上航行怀有莫名的担心。想象着人离开坚实的大地无所依托，就忐忑不已。所以，从不曾乘坐夜间航船旅行。今年国庆期间，儿子乘坐客轮去大连，我的脑海里一直晃动着一个画面：像一片柳叶的客轮，漂浮在深夜大海的空旷无垠里。我整晚都睡不安稳。

任何事物，在黑夜里是一种景象，在阳光下又是另一番景象。

几年以后，再次看海，是在青岛。那是5月鲜花盛开的时节。那天天气晴好，微风拂面。极目远眺，能看到远处的青山隐隐。栈桥上的游人，摩肩接踵，说的、笑的、拍照的，热闹非常。海天相接相融，蔚蓝一片。浪花飞卷，冲击着赭红的礁石，哗哗作响。避风的海滩上，细沙如洗，平展展地铺在水底，沙粒清晰可辨。

　　远方，军舰游弋在海面。

　　我和儿子以大海为背景，摄影一张，以作纪念。照片中的我，风衣翩翩，彩色纱巾飞扬风中；儿子目视前方，凝思遐想。他是在思考自己的前途吗？

　　血液使人的身体各部彼此相连，而海水使世界的各部彼此相通，互为邻里。如果说地球是个无边无际的大湖，那么每个国家都不过是湖上或大或小的岛屿。

　　"有强大的海军守护着漫长的海岸线，我们才能吃得安心，睡得放心。"指着远处的舰艇，我说。

　　"嗯。"儿子应了一声。

　　与深圳的海水相遇，是在2015年6月。我和儿子和一些亲朋在海水中扑腾着玩了一阵，很开心。那是儿子第一次在海中游泳，而我是第二次。我第一次在海水中学习游泳，是在青岛的海滨浴场。我们在防鲨网围起来的安全区域里学着游泳，一颗颗白而圆的浮子，在网线上彼此相连着，漂浮在清澈的海水中。这让我们十分放心。我不会游泳，咸而涩的海水，几次呛得我眼泪直迸！

由于深圳的浴场没有防鲨网，心里总觉不踏实，玩了一小会儿我们就上岸了。

想想，人在水中多像一条笨拙而胆小的鱼！纵有高级的大脑，但学来学去也不如一条小鱼游得自由酣畅。在自然万物面前，人的局限何止不会游水？

静静回想，在人类的想象无法企及的浩瀚空间里，有无限生命的地球在其中悬浮、转动。海与比海更远离陆地的洋，是这颗蓝色星球上流动不已、变化无穷的柔软存在。

我曾在蓬莱遥望过渤海和黄海交汇的苍茫；也曾在青岛伫立在黄海之滨极目眺望；我曾在深圳的南海海水里感受过它胜过黄海的温暖；还曾站在天津的滨海广场，看着一点点坠落的斜阳，将光芒铺在大海之上。但与海之深、海之广、海之变幻莫测与丰富蕴藏相比，我所感受到的不过是沙漠中的一粒沙，沧海中的一滴水。

海，绝不是人类的文字所能完全描摹得出来的。

横岭海棠红

　　横岭，名不见经传，许多人都不知道它的所在。不过，既然是地名，只要有了参照物，我相信我们很快就能从地图上找到它。

　　如果我们站在如雄鸡高唱的中华版图面前，我们会发现祖国的心脏——北京，正处于雄鸡的咽喉部位。从北京放眼四望，我们看到，河北省就像一枚红枣的果肉包裹着自己的果核一样，坚定地包裹和保护着北京，几成一体。这种特殊的地理位置，造就了北京和河北的山水相连。可以说，河北安，北京即安。

　　与北京市的西部接壤的，是河北省的怀来县。远道而来的洋河与桑干河的凌凌清波，不辞辛苦缓缓流淌，在此地跃入了官厅水库，这是新中国成立后建设的第一座大型水库。官厅水库的万顷碧浪，半在怀来半在京。笔架山的重重青黛，是京与冀的分界线之一。山南为北京门头沟，山北属怀来。而横岭，距笔架山不远，是怀来县境西南角瑞云观乡的一个小镇。

在2016年8月与文联的朋友们一起探访怀来之前，孤陋寡闻的我只知道怀来大名鼎鼎的沙城干红葡萄酒，却不曾想到，怀来不仅葡萄享有盛名，海棠的种植历史也很悠久。8月底，土壤瘠薄的纵横沟壑、山坡谷岭，随处可见一树一树的海棠果，累累地簇挂在枝头，像一朵又一朵的红花绽放绿野，朴素宁静。

怀来海棠，又名八棱海棠、"海红"、"秋子"、"柰子"，是我国栽培历史悠久的果中珍品。怀来县是我国集中栽植海棠的最大区域。果圆如小球或小鸟之卵，成熟之后，深红浅红，由细如衣针的茎梗垂挂于叶间，玲珑可爱。因果实有明显六至八条棱，得名八棱海棠。静心细品，酸甜爽脆，清新适口。海棠树体强健、适应性强，耐涝、耐盐、耐寒。树不高大威猛，无论是开花还是结果时都淡雅吐芳，毫不张扬。

说到这里，不知你是否也像我一样，喜欢上了海棠？

好山河不仅生长好树木，还滋养美心灵。

当你深入到这片树树海棠红遍的大地，你一定会像我一样，走走停停中听到许多故事，有许多新的发现与感悟。

比如，在刚才提到的横岭，就曾进行过一次轰轰烈烈的战役。

据横岭抗日战争纪念馆资料显示：

1937年卢沟桥事变后，日军占领北平。随后，日军西进，欲夺取北平与张家口之间的主要关口——南口。国民党领导的中国国民革命军汤恩伯部队、阎锡山部队、傅作义部队进行了抗击，南口战役打响。当时日军是陆军与空军联合作战，中国军民"以血肉之躯抗敌，瞬逾半月，虽身化齑粉，亦不轻让尺寸国土于敌"，誓死捍卫国土，保卫家乡。后阵地失守，汤命所部赴阳原等地，行持久抗战，南口血战结束。

二十三天的南口战役，我军民以伤亡近三万人的沉重代价迟滞了日军侵华的进程，而日军仅伤亡两千余人。作为南口战役的战场之一——扼守京畿门户的横岭城，硝烟弥漫、火光熊熊、废墟一片，万千英雄血肉横飞、抛尸荒野，惨不忍睹。漫山遍野的海棠树见证了这一切，它们焦黑的残躯傲然挺立，仰望着战火燃红的天空，固守着脚下满目疮痍的大地。

站在横岭抗日战争纪念馆前，当地一位老人介绍说，现在的横岭几乎所有房田屋舍都是战后重建的。浴火重生的横岭宁静安详地卧在崇山峻岭之中。硝烟尽已散去，人民安居乐业，黄发垂髫，怡然自乐。

"我们现在的安定生活来得不容易啊，是横岭人和无数无名英雄巨大的牺牲换来的。我们可不能忘记他们！"老人慨叹，"如今我们村大力发展旅游业，附近的古长城吸引了众多的外国游客前来游览。有一年冬天，突降大雪，几名日本游客被困在横岭明代残长城烽火台上。山野白茫茫一片，辨不清方向，根本没法下山。我们县乡政府收到求救信息后迅速组织搜救人员，踩着一米多深的积雪上山营救。整整一天一夜啊，几名日本客人的生命保住了，我们乡的刘书记在搜寻中双腿劈叉，肌肉严重拉伤；我们村的云书记为了救人，腿脚都被冻伤了……"

　　见证这一感人事件的，是那雪中静默的海棠。

　　"当时，咱们就没有别的想法？比如，记起当年发生在横岭的深仇大恨，拖延不救？"

　　"哪个人不是父母所生？人命关天啊！哪能见死不救呢？"

　　老人家说不出什么豪言壮语。但我知道，在那"千山鸟飞绝，万径人踪灭"的雪夜，当横岭人顶着狂风、踏着没腰深的积雪迈出搜救的第一步时，绝不是忘记了英雄，忘记了历史伤痛，而是怀着仁慈大爱。这种大爱宽阔如海，从远方走来，在现实中播洒，并照亮未来。它与横岭的古长城一样绵延，不是绵延在高山之脊，而是绵延在世人的心里。

　　回来的路上，老人讲述的故事依然在脑海盘旋。低头深思：无论时代如何变迁，美丽的故事总是发生在有辽阔胸襟的人身上。天地永恒存在，时代奔腾向前，人类不息繁衍，但无论何时何地，有一点永恒不变，那就是人类对和平生活的向往和追求——战争年代执干戈以卫土，不惧生死考验保家卫国；非战争年代胸怀天下，以人道主义精神与世界友好相处。

沉思中，抬头远望，我又一次看到了车窗外那些挺立在原野的一树一树的海棠，那就是横岭人！中国人！它们于贫山瘠水中强健生长；它们朴素低调、坚忍豁达、友善博爱。也许，正是因为历史与现实的风雨强健了它们的筋骨，砥砺了它们的品格，开阔了它们的胸襟，它们才能如此挺立如松，红透漫山遍野。

好久不见，妈想你了

也许，你现在

正在大学的实验台前专心致志做着实验

也许，你现在

正弯腰将黄昏沙滩上的贝壳拾捡

也许，你现在

正与室友们围桌剥着妈妈寄去的花生

儿子，你知道吗？

在千里之外

妈正想起

你在小床上抱着奶瓶喝奶

你小手翻着画页，在妈的暖怀

你奔跑打球在一中的操场

你奋笔疾书在案桌前

在一个又一个静夜

妈还没怎么感觉

那个依偎在我身边等着买鱼片的小男孩

那个被我牵着小手去上幼儿园的小男孩

好像

突然间

就变成了

挎着我胳膊陪我逛街的

高我一头的人

虽然你常常掩饰不住

内心的疲惫与无奈

但你总是说

还好还好

所有的苦和难都被你一带而过

那轻描淡写的语气间

是让人欣慰的成长

你的话

让妈妈的心

暖了又暖

秀芳　秀梅　岳万里

好书是把神奇的刻刀

我家祖辈都是农民。生在贫穷家庭，我十多岁时，还没有读过一本课外书。

我的第一本课外读物是《西厢记》，是本村的一位老人家借给我的。那天，他边在背风的墙角晒着太阳，边给人们讲《西厢记》里的崔莺莺。我听得入了迷，问老人家他怎么知道这样的故事，他说："我有书呀。"我小心翼翼地问："太爷爷，您的书能借给我看看吗？"他说："行。"老人家从他家土墙上的小洞里拿下书来，递给我说："好好看，千万别弄坏了，看完了就还我。"我郑重其事地点了好几下头。当时，《西厢记》的内容我还看不大懂，但"碧云天，黄花地，西风紧，北雁南飞……"这样的描写让我的眼前立刻浮现出一幅深秋寂寥的图景，离别的凄凉像水波一样荡漾在心头，让我感佩不已，自此就爱上了阅读。

我上初中时，我舅舅正读高中。去姥姥家小住让我有了阅读高中语文课本的好机会。文章正文与注释，我都细品。现在我依然记得当时读《孔雀东南飞》时，深为刘兰芝的无辜、焦仲卿的懦弱而唏嘘不已，恨透了那个爱儿子却断送儿子幸福的恶毒母亲。

孩子出生以后，我常把孩子抱在怀里轻声地给他读故事；后来母子二人经常对面而坐，抑扬顿挫地读书给对方听；再后来，孩子上了高中，功课紧，我就把自己读过的好书摘录、整理并打印，推荐给孩子。这个过程说起来三言两语，做时披沙拣金，花费了不少精力，但也让我有了特别多的收获。

通过阅读，年逾古稀尚自学多门外语的教授金克木，为给儿子郑渊洁提供写作建议而阅读百余本名人传记的郑洪升老先生，都让我敬佩不已。心想自己与他们相比，实在算是年轻人，完全没有不努力读书的理由。

当我的文章在《语文学习报》《中学政治教学参考》《张家口晚报》上刊载出来时，我的心里溢满了幸福。小书《怎样帮助孩子度过初中这三年》增删数次，终于写成，其中甘苦非写书人不能体会。我从各种书上找到了多家出版社的电话，一一联系，现在中国言实出版社已向全国发行此书，让我体会到什么叫梦想成真。

有人说："现在这种时代，人都急着挣钱，谁还像你这样天天抱着书看？有什么用呢？"

是啊，读书到底有什么用呢？

我想：是诸葛亮"非淡泊无以明志"教我志存高远；

是苏东坡"莫听穿林打叶声"教我淡定从容；是冯友兰先生的《中国哲学史》教我在广袤时空里审视人生；是巴金老人的《随想录》告诉我要友善真诚；是《卡内基自传》告诉我想改变生活就要不懈奋斗；是《居里夫人传》对我说理想面前要不折不扣地坚定；是《黄帝内经》启示我每个人爱惜自己就不要逆时而动；是《厨房妙招》教我做出更好吃的饭菜，让我更像一位好母亲……

我想，是读书给了我发现的眼睛和心灵，让我清贫的童年不荒凉，让我蓬勃的青春更朝阳，让我平凡的生活充满乐趣，让我的内心更有力和坚强……

书籍是一把神奇的刻刀，把每个生如璞玉的独特生命雕琢成器，让他成为更纯更美更有价值的存在。

婚姻像企业

有人说婚姻是一座围城，城内的人想出来，城外的人想进去。也有人说婚姻像鞋子，外表是给他人看的，是否合脚与舒适只有自己知道。而我觉得，婚姻更像企业，需要时刻经营，方能运转正常，并谋求大的发展。否则，势必遭遇市场冲击，濒临破产或关门大吉。

在婚姻这个大多数成年人都在经营的企业里，两名主要负责人都有政府颁发的营业执照（非法经营者不在本文论述之内）。而企业的运行状况是否良好，最关键的因素就取决于这两名负责人。他们能否深谋远虑、高瞻远瞩、着眼于未来，决定着企业的前途与命运。

按照传统观念，男人似乎更应该多为这个与自己密切相关的企业多多出力。而事实上，在多数情况下，女人并不比男人少为这个企业呕心沥血。女人确确实实在撑着属于自己的半边天。而有的男人，既希望有一副坚强的臂膀与之分担责任与负担，又希望自己顶天立地、一言九鼎，别人不要发表意见，尤其是持不同意见。也就是说，男人期望女人要集坚强有力与小鸟依人于一体，该坚强时最好像铁娘子，脏活累活都别怕，就像企业中的清洁工装卸工；该温柔时最好像稚子幼儿天真依赖，毫无主见。这是多么矛盾的要求，对于女人来讲，是多么苛刻！对于有些男人来说，其过度敏感的自尊心总希望自己时时刻刻都是一把手，副总不是得时刻请示吗？但生活中有许多女人不愿总是充当副手，矛盾也就在所难免。如果不能正视现实与矛盾，不能求大同存小异，摩擦不断，冷战升级，终于热战，则内讧必将加剧企业内耗，精力财力必将于不久的将来损失殆尽，失去在市场中搏击风浪的能力，不战而败。

子女是这个企业中的固定资产。好多濒临破产的企业之所以还在勉强维持，就是因为这点儿固定资产。这种状况不知是该庆幸还是该惋惜。因为企业需要时时注入流动资金方能灵活运转，而流动资金就是两名企业负责人彼此之间的相互尊重与关爱。而这一点在时间的淘洗之下，尤其在取得合法营业执照之后，许多企业的负责人已从思想意识上没有了这个概念，或者是不屑一为。有空与朋友聊天喝酒打牌逛街，哪一样不比照顾孩子与妻子（或丈夫）轻松？哪一样不比做家务轻松？没有了源头活水，企业的生命就失去了激情和滋润，某种程度上也就意味着失去了动力。试问：没有水和电的企业能维持多久呢？所以，作为企业的主要负责人，虽然责任重大、事务冗杂，但也千万别忘记了最关键的问题——动力问题。适时并时时为自己的企业充水充电是非常必要和重要的。

作为现代企业，自主创新能力是核心竞争能力。在婚姻这个企业里，自主与创新同样重要。这里的自主即有主见，而不是平常意义上的不要有依赖性。具体表现为，不应该和不能做的事，不管他人怎样撺掇都要坚守自己的做人原则。要学会说"不"。有许多人因为缺乏主见，随波逐流，做出一些违法乱纪的事，害人害己，断送了自己的婚姻与家庭。

婚姻中的创新，主要体现在对子女也就是所谓固定资产的态度和教育上。每个孩子都是这个世界上独一无二的精灵，自然，教育的方法就应该千变万化，雷同不得。只可惜，很少有人能够真正做到对自己孩子十分了解并区别对待。我们总是习惯于让自己的孩子与他人的孩子作比较。其实很多事情并不能相提并论，就如同让啤酒与汽车比质量一样。如果有人能超越世俗，用独特的眼光、视角审视自己的育子方法，那就是在用创新的思维经营自己的企业，经营自己的未来。

还有一点值得一提，即婚姻这个企业同样容易陷入只可共苦不可同甘的陷阱。初期创业阶段，团结一心，所谓结发夫妻共患难；繁荣发展阶段，则种种诱惑滚滚而来，表面片温情，实则暗藏玄机，慕钱而至。此时，企业的负责人容易被眼前的诱惑磨灭了创业时期的记忆，只觉得过去相濡以沫的人不再适合自己。不是分崩离析，就是劳燕分飞，所谓甘甜来时忘旧人。殊不知，创业难，守业更难。能永葆企业的青春与活力，蒸蒸日上，才是人生佳境之一。

在婚姻这个企业里，同样存在入股与控股的问题。股份同样有资金、技术等因素。谁若是不想在婚姻这个企业里总是处于附属地位，要活得有尊严，就必须不断充实自我，增强自己对这个企业的贡献力，才能在企业中不负众望，确保负责人的地位。经济上的不独立，必然导致地位上的附属。对于女人尤其如此。

在万般无奈的情形之下，婚姻这个企业同样会出现破产和重组。因为固定资产的不同，重组之后，各个方面协调起来将更加困难。而且，往往成为重组牺牲品的正是婚姻中的固定资产——子女。

以上种种，均属本人思考人生偶然所得。愿天下所有人都能努力经营好自己的企业，这也就是在经营属于自己的未来。

惑

去年暑假的一天，我去某城看望我的一位同学，她是我多年的好友。她租住在一个大杂院的小平房里。

朋友租的是两间正房。窗前是一条只容得下一辆三轮车通行的过道。朋友的西隔壁住着一家四口，屋檐下养着一条叫大黄的狗。

住在朋友家的日子里，我常常看见西隔壁削肩、瘦脸、长相没啥特点的男主人，推着一辆破旧的平板三轮车，早晨天不亮就出门，天黑透了才疲惫地回来。他身材臃肿的老婆紧随在三轮车后边。早晨走的时候，安安静静的，许是怕扰了邻居的好梦吧。他们身后的大黄也是蹑着脚步，安静地"送"他们到巷口。晚上回来时，常见两个人说说笑笑。早就蹲在巷口的大黄，一看见他们就撒着欢儿地迎过去，叫着，在男女主人的腿底下亲密地蹭过来绕过去，好像不是一天没见，而是一年没见。朋友说这个男的在家排行老二，人们都叫他朱老二。

朋友还说，朱老二没有固定工作，属于进城不务工的农民。桃儿熟了贩桃儿，李子熟了贩李子，菠菜大批上市就贩菠菜。灵活机动，跟着市场转着自己的平板三轮车。国家政策好，收税很少。所以，别看朱老二的买卖不大起眼儿，但挣钱不算太少。

朱老二的老婆，谁也没问过她姓甚名谁。人们都说朱老二就像一根筷子，他老婆"那简直就是一根活脱脱的擀面杖"（这话是门口修自行车的李大个子说的）。这个大杂院的老老少少都亲切地称她胖嫂。

胖嫂不仅身量粗，而且声音粗。这夫妻俩走街串巷做买卖，夫唱妇随，妇唱夫随，配合默契。家中一儿一女，儿子高二，女儿高一。也正是为了孩子能够来城市接受更好的教育，将来能有个更好的前程，两年前胖嫂才抛家舍业卖了家中的三只鸡、一头猪，还有那头跟了他们四五年的老牛（因为心中不舍，胖嫂还偷偷地掉了几滴泪），来到了这座小城。

"你说天底下哪个父母不是一切为了孩子？"朋友说。

今年我又去看望我的朋友。一进巷口就看见大黄蹲在那儿。一年不见，大黄怎么老成这样？它瘦骨嶙峋，毛又脏又乱，肚子底下的毛被泥巴粘成了硬板板的一大片。它眼光呆滞空洞，好像看见东西，又好像看不见东西。更纳闷的是，我发现朋友的西隔壁竟然换了人家。我一边放下东西，一边问："胖嫂搬家了？是不是买上楼房了？"

朋友一声轻叹："唉，不是住上楼房了，是住进牢房了。"

"怎么回事？"

"你呀，这急脾气一点儿也没改。等咱们吃饱喝足再告诉你也不迟啊。坐了这么长时间的火车，你就不累？"

晚饭后，朋友打开了话匣子：

"朱老二不抽烟也很少喝醉酒，常年太阳没出就去批发市场，太阳落山了，他还在大街小巷吆喝着张罗着。他的日子就像转个不停的车轮，沿着相同的半径，转着同样大的圆圈，机械地重复着，没有新意，更谈不上激情。正像如今的大多数家庭一样。

"后来这个院里的人们发现朱老二总去小章的棋牌室。小章的棋牌室就在我家的东隔壁。小章小时家穷，再加上有点儿遗传，身材瘦小。她一共没念三年书，但这并不妨碍她长着一张八哥儿样的巧嘴，哥哥长、叔叔短、阿姨长、大妈短的，把许多人都招揽到自己开的麻将馆里去了。一锅麻将的抽头儿就一百呢，不声不响的，收入可比咱们这些有固定工作的女人差不到哪里去。朱老二虽然不会用娇小玲珑、小鸟依人这些词儿来形容小章，可他觉得小章人小小的，声音细细的，百转千回，像小鸟儿的叫声一样好听。那双小手儿也总是润润的，带着淡淡的香味儿。这样他就越来越看不惯胖嫂那双粗糙的手。胖嫂的手就像没使用过的砂纸，整天还沾着菜叶子的泥和怎么洗也洗不掉的菜绿。每回朱老二去打麻将，小章总那么笑吟吟地与他打招呼，听得他心里暖暖的、痒痒的。有一天，我听见朱老二和胖嫂吵架，朱老二吼着：'你自己撒泡尿看看你自己！你哪里像个女人？左看右看上看下看都不像个女人！'

"朱老二原来可不这样说。他原来对胖嫂佩服得五体投地。他曾骄傲地对我说过，每次去批发市场接货，胖嫂都能与他一件一件地往平板车上装货，不论是箱装的水果，还是尼龙袋子的蔬菜。她从不偷懒，更不吝惜力气，胖嫂有的是力气。现在，在他看来，浑身笨力气咋看咋不像女人！女人就应该依靠男人，让男人顶天立地、遮风挡雨，自己享受安宁。朱老二还说，胖嫂睡觉呼噜打得那真叫惊天动地，'院外一里地都能听见'。还有，让朱老二更加不能忍受的：'总是想吃大葱就嚼大葱，想吃大蒜就嚼大蒜，只图自己吃得痛快，从不顾及我的感受。简直自私透顶！'你听出来了吧，朱老二虽没多少文化，但他自进了城，觉得自己生活品位越来越高，而胖嫂仍是个地地道道的农妇。'进城这么长时间了，就没一点儿长进！'这些都是朱老二吵架时说的话。我想，就是在睡梦中，恐怕朱老二都希望胖嫂就是小章吧。

"日子飞一样跑走了。熟悉胖嫂夫妻的人们渐渐发现，胖嫂走街串巷或摆地摊做买卖时，朱老二的身影越来越少。胖嫂的生意懒懒的，很少看到她像从前那样扯着大嗓门招揽顾客。邻居们都知道朱老二没日没夜地泡在麻将馆里，就像泡菜泡在菜坛子里。

"每当熟人问起：'你怎么一个人卖菜，老二呢？'胖嫂总是笑着说：'打麻将去了，他赢的比我赚的还多呢！'心里却像吃了没长熟的青杏儿。

　　"小章和朱老二偷偷成了比翼鸟，双双弃家而走。小章临走前不仅与木讷的丈夫离了婚，还想方设法让年仅三岁的女儿跟公公婆婆打成一片。她走得很干脆、很决绝，似乎终于找着了寻觅多年的激情与浪漫。朱老二临走前，看着家里仅有一张双人床、两张单人床（都是买的二手货），一个用了十多年的大壳子旧电视，想着在学校里住校的两个孩子，捏着存折，在破沙发里足足窝了个把小时，最后还是把存折又放回床头后边隐秘的地方去了。

　　"令朱老二万万没想到的是，他话音未落，在他眼里一向温柔似水的小章知道他没带存折出来，用手指着他的鼻子，扯着嗓子跳起来大骂道：'你脑子里养鱼呢？没有钱怎么生活！我看你还是觉得你老婆比我亲！'

　　"朱老二在新城市里又租了房子，做起了老本行。因为没有多少钱，生活就像把鸡蛋竖着立起来一样困难。这回，朱老二换了的女主人，在他去贸易市场进货时，只会站在车旁看车，不能与他一件一件地把货往车上搬。每当累得汗珠子顺着脊背哧溜溜往下滚，朱老二就想起胖嫂那大象腿，那棒槌似的胳膊，那搓脚石般从没用过护手霜的手。有一天晚上，朱老二躺在床上，用手揸着就像要断了的腰，忽然闪念：新搭档要是旧搭档该多好，没人分担重担，原来这样悲哀。

"没钱的日子是新搭档最不能忍受的。激情与浪漫原来只不过像小孩子吹出的肥皂泡，阳光之下光彩夺目却经不起时间考验，更经不起风雨洗礼。'生活是很现实的。'这是朱老二的新搭档对他说过多次的话。几个月以后，小章就像孩子们手中牵着的氢气球，稍没留神，就飘向一望无垠的空中，追求新的自由和幸福去了。

"当朱老二满怀愧疚垂头丧气又回到这个大杂院时，已物非人非。朱老二走后，胖嫂既伤心又难过。她无数次地想到，自从进了朱家的门，二十年来，自己没白天没黑夜像一头蠢驴一样埋头干活，从来不懂撒娇，更不懂多个心眼儿。她爱孩子，爱丈夫，唯独忘记了爱自己。天下哪个女人不喜欢穿漂亮衣服呢？胖嫂就不喜欢。她总是把那些辛辛苦苦挣来的钱，一百、五十、二十直到五角一张一张地摞好、捆好、包好，然后藏在自己认为最保险的地方。等孩子学校收费的时候，她毫不迟疑地拿出来。她可不想让城里的人看不起孩子。有时她卖菜的时候，看见有些买菜的女人穿得那么时髦、漂亮，心中自然也是十分羡慕：'等有钱的时候，我也买一件这样的衣服穿穿。'但她也就是这么想想，和我聊天时说说而已。'可到头来，这种死心塌地换来的是什么呢？难道就是为了换这毫不留情的背叛吗？'胖嫂对我说，她难过得都不知道怎么和我说。她不吃不喝不说话，在租的破房子里盯着破顶棚大躺了三天，越想越觉得朱老二这块她心中的宝石，原来不过是一钱不值的臭石头。

"'世上哪有什么真感情？戏台上的梁山伯和祝英台感情那么好，还不是沾了没有结婚的光？要是结了婚，真正柴米油盐过起日子来，还不定咋回事呢？还是想开一点儿的好。'

"有了这样的想法，胖嫂受伤的心很快就得到了众多男人的抚慰。胖嫂自有胖嫂的魅力。一天晚上，我听见西隔壁有两个男人在吵，几乎到了动家伙的地步。

"胖嫂的儿子渐渐地就成了游戏厅、台球室等各种娱乐场所的常客，花的是他想方设法从别人那里"弄"来的钱。女儿呢，在外打工，据说挣钱非常容易。胖嫂对我说，每每看见儿子，就想起那狠心抛弃她就像随手扔掉一个烟头的朱老二，心里很不是滋味。但母亲终归是母亲，她怎么也做不到眼见孩子荒废学业、不学好无动于衷。她为了寻找儿子，让他继续回学校读书，这个小城里的游戏厅、台球室、歌厅，几乎没有一家她没去找过，内心的煎熬只有她自己知道。有一次，在网吧门口，她低声下气地拽着儿子的胳膊想拉他回家，没想到儿子狠狠地一把打开她的手，更没想到儿子居然冷冷地对她说：'那是家吗？和狗窝有什么区别？没有尊严地活着，你就不觉得耻辱？你不嫌丢人我还嫌丢人呢！'说完，头也不回，没几步就消失在了茫茫夜色中，只留下胖嫂怔怔地定在冷风里。

"房东听到了风言风语，很客气地将胖嫂撵走了。胖嫂就从这座城市消失了。

"再说小章那倒霉的前夫，他背负着屈辱，对生活完全失去了信心，经常烂醉如泥，终于在一次醉酒后得到了完完全全的解脱。年纪轻轻的他如同一阵掠过树叶的微风，转瞬就没了踪影，只给他年迈的父母留下无尽的苦痛。小章的前公公老年丧子，沉重的打击之下，糖尿病恶化，并发白内障，双目失明。前婆婆在接二连三的打击之下，精神分裂，在幻觉中坠井。后来人们经常看见小章五六岁的女儿，拉着双目失明的爷爷在街上买菜。

"朱老二实实在在地成了'自由人'，一人吃饱全家不饿。你要是在这座小城常来常往的话，没准儿在哪条小街上就能碰见他。他几乎每天都在某条道路边的树荫底下，坐着个小马扎，腿上搭着破围裙，守着他那维持生计的鞋摊儿。他很少抬头看人，眼光总是无意识地跟着从他面前走过的每双脚。他知道自己衣服破烂，满脸灰尘，和叫花子没啥两样。况且，只有有人找他修鞋，他才有钱可赚。

"朱老二不停地从这条街道换到那条街道。终于有一天，他看见了那个让他的儿女都失去光明前途，让他的家支离破碎又弃他而去的女人。她被一个高大的男人搂着肩，穿着足有两寸高鞋跟的细带儿皮凉鞋，笃笃地从他面前走过去了。他同时还看到了她几乎裸露到腰的后背。

"后来，小章在出租屋内身中数刀，那双细带儿的皮凉鞋浸在血泊之中。数天之后，朱老二被警方逮捕。邻居们此时才明白，朱老二不停地从一条街道转到另一条街道，是为了什么。

"我受胖嫂之托去监狱给朱老二送过东西，所以朱老二的一些事儿只有我知道。可惜了胖嫂那一双儿女。可怜了大黄。自从朱老二走后，大黄就成了实实在在的流浪狗。它一到傍晚，就雷打不动地蹲在巷口，就像盼望儿女回家的老人一样，眼巴巴地望着巷子尽头。在它很小的时候，朱老二从臭水沟里把它捡回家，救了它一条命。朱老二是它唯一的亲人。"

朋友说到这里，又轻叹了一声。

"你说的这事也太悲剧了。除了朱老二和小章，其他人如果不那么轻易自暴自弃，结局完全可能明亮得多。比如，该再嫁的再嫁，该再娶的再娶，开始新生活。儿女不辜负母亲的期望，双双考上大学。至于朱老二和小章，都好好地各活各的，也不是不可能的事。谁的人生都难免遭遇麦城，既然是城，就总有走出城门的那一天。"

与朋友告别的时候，我忍不住又看了一眼那像雕塑一样蹲在巷口的大黄。它睁着一双疑惑的大眼，好像在问："谁能告诉我，男主人到底去哪儿了？"

当然，大黄要是有聪明人一样的聪明大脑，它可能会更疑惑：在如此清明澄澈的年代，每个人都应该活得敞亮、向阳、有价值的，怎么有的人活着活着就活成了卑污的存在？

姥爷的遗产

不知道该算是优点，还是缺点，我这个人特别爱怀旧。怀念过去的一些人，怀念过去的一些事儿。旧日时光里的善美，总能让我汲取到无穷无尽的力量，让我前行的脚步更从容、有定力，也让我活得更像玉珠处于清凌水中，光明而沉静。

最近几天，我就常常想起我的姥爷来。

地瘦栽松柏，家贫子读书

我的姥爷姓陈，在河北一个名为陈家沟的小山村长大。那里山贫水瘠，交通闭塞。

姥爷是家中独子，九岁时没了父亲，与母亲相依为命。姥爷一生育有六个子女——我的妈妈和我的五个舅舅。

我小的时候，偶尔去姥姥家小住几天。那时，姥爷家所在的村庄已从深山整体搬迁，来到能有水吃的洋河边上。我从来不在姥爷家多住。因为20世纪80年代，改革开放之初，姥爷家几乎家徒四壁，基本没有什么好吃的东西。

在我的记忆里，姥爷从来没有像电影、电视里的姥爷们那样，给孩子们讲故事啦，准备好吃的啦，带孩子们出去玩啦。我的姥爷经常天不亮就下地干活：浇地、种地、锄地、割黄豆、掰玉米，端着满筛子的草料喂骡子，高高地坐在养鱼池水面上搭建的木板桥上撒食喂鱼……经常是，星星布满天空了，他才扛着锄头、铁锹，或赶着骡子，满身尘土，疲惫地走进院子……

忙忙碌碌的姥爷一辈子几乎没有穿过一件像样的衣服。有一年夏天，舅舅买了一件真丝背心，薄如蝉翼，柔似肌肤。姥姥见了，想起姥爷当年穿的那件背心——白洋布做成的结实而硬的背心，夏天不散热、冬天似冰凉，还打着大大小小的补丁，不禁老泪纵横。那时，姥爷已去世多年了。

由于家里人口多，舅舅们又都小，只有姥爷一个劳动力，在20世纪60年代的三年困难时期，姥爷家的生活十分艰难。就是在那种赤贫如洗的日子里，姥爷供我妈妈和舅舅们读书的努力一天也没有停止过。为了给孩子们凑学费，姥爷不得不将自家的房子拆了，变卖了木头。我的大舅放学回到家，正好看到刚刚拆下的椽子、檩条装在别人家的马车上，心疼得趴在那些木头上，哭着嚷着不让人家拉走。当过多年村干部的姥爷安慰着舅舅："孩子，别哭！国家不会永远这样困难，咱们也不会永远过这样的穷日子。等你们长大了，读书学文化，到时候，你们不仅能为国家出力，还能改变咱们家的经济条件。有了钱，咱们买红松木，盖更好的房子!"

由于姥爷的努力，我的妈妈和舅舅们都有比村里人高些的文化程度。受姥爷的影响，他们也都十分看重学习和教育。我的四舅三十多年前去北京打工回来，专门给我买了一本蒲松龄的《聊斋志异》。这之前，我从来不知道有如此奇异的文言小说，真是大开眼界!这本书是继《西厢记》之后，促使我与文学结缘的启蒙书籍。四舅对我说:"打工的地儿离书店特别远，我走了好长时间才到了书店。"多年之后，四舅来张家口，带给我儿子的礼物，是一本厚厚的、图文并茂的《上下五千年》。在四舅的心里，他总觉得有钱就该多买好书。

我现在经常使用的一本小《英汉词典》，是我三舅送给我的。三十多年过去了，每当翻开词典，时常有一种暖意涌上心头。

我的妈妈和舅舅们或科技种田，或经营养殖，或有经验丰富的木工手艺，或是国土管理局的职员。他们像姥爷一样，勤劳、朴素。由于他们都像姥爷一样，十分重视子女的教育，所以，从他们普普通通的农家小院里已经走出六名大学生:我在基础教育的一线工作了二十多年，还非常荣幸地获得了省优秀班主任的光荣称号;表弟学的是计算机专业，喜欢摄影，在摄影行业小有名气，月收入以万元计;四个表妹在大学分别学习的是经贸、农林和教育专业，其中，两个表妹正准备考研……

这些让街坊四邻羡慕不已！

如今，我的妈妈和我的五个舅舅全都有了自己宽敞的院落，也都有了自己红砖灰瓦、高大敞亮的房子：椽子和檩条自然都是上好的红松木；塑钢门窗、瓷砖贴墙、地砖铺地；装着空调或安着暖气；一拧水龙头，清亮亮的水就喷涌而出；还有电视、冰箱、洗衣机各种家用电器；手机都是智能机……

孔子说："君子固穷，小人穷斯滥矣。"许多人困窘到走投无路时，要么逃避现实，怨天尤人；要么践踏做人底线，乱行滥为。在国家和家庭都艰难困苦时，姥爷衣食俱忧，信仰却坚如磐石。他相信国家的未来，他重视子女的教育，他满怀憧憬和希冀！我想，姥爷心里一定明白：地瘦栽松柏，家贫子读书。他勤劳坚毅，乐观向上。这些精神财富已经成了我们的家风，世代相传，弥足珍贵。

至善暖人间，传承恒久远

有一年，八十多岁的太姥姥住在我姥爷家。太姥姥有两个儿子：一个在外打工，一个入赘外地。太姥姥身体一天不如一天，她自知来日无多，非让我姥爷把她送回深山里没电、没水、少人照料的家。依照当地风俗，假如老人在女儿家辞世，会对女儿家的儿女们不利。年逾花甲的姥爷劝慰太姥姥说："娘，您老尽管放心地住着，只要我有一口吃的，就不让您老人家挨饿。您老就是在我这里老了（指死去），也没啥，孩子们将来过好过不好，全看他们有没有本事，跟您老有啥关系呢？"

太姥姥听了我姥爷的话，安了心，再也不提回深山里的事。太姥姥最后真的在女儿家平静地走了。

姥爷一生辛劳而贫困。他既不会说豪言壮语，也不会说甜言蜜语，说话一向朴朴实实。但他真心诚意善待自己的岳母，为自己的岳母养老送终，丝毫不怕违背农村根深蒂固的陈旧风俗，我想，这种可嘉可敬的勇气和力量，源自他内心真正的善良吧！

言传身教都是教育。父母是孩子最好的榜样。

我的太爷爷耄耋之年，卧病在炕不能自理。由于种种三言两语难以说清的原因，太爷爷曾一个人孤独地住在简陋的老屋里，不能得到悉心照料。我的妈妈，太爷爷的孙媳，说："自家人，何必计较太多。只要老人活着不受罪就好。我来管。"爸妈把太爷爷接到我家，妈妈十分细心地照顾太爷爷：准备的饭菜都是好咀嚼易消化的；常常拿着裁剪衣服的大剪刀给太爷爷修剪趾甲，那趾甲早已严重变形，又硬又厚，深深地嵌到趾甲缝里；一边做饭一边陪太爷爷东一搭西一搭地闲聊，就像陪着自己的父亲……一天早晨，太爷爷倒在我爸爸的怀里，像睡着了一样，安详地离开了这个世界。

我想，因为有姥爷真心诚意地侍奉太姥姥在先，方能有妈妈真心诚意地侍奉太爷爷在后。应担的责任和不应担的责任，姥爷和妈妈都义无反顾地扛在了自己的肩上。这难道不是一种无言的精神传承？

当我面对我的爸妈、婆婆的时候，常常想起我姥爷和妈妈的这些事情。我尽自己所能孝敬自己的爸妈，也尽自己所能孝敬自己的婆婆：病榻前端茶递水、尽心陪伴；不在老人身边时，常给他们打电话，问寒问暖，寄钱寄物……所有这一切，我的儿子川都看在眼里，记在心上。前几天，老妈和我微信视频，她高兴地对我说："川给我网购的桂花树苗和赣南脐橙都到啦！他还说，这两天正忙着复习，准备考研呢。"老妈的话让我十分欣慰。我知道，有一种优秀的品质，像一条河流，从姥爷的那个时代缓缓地流淌到了现在，在我们一脉相承的血液里绵延。

这是姥爷留给我们，我们也在传承的另一份宝贵的精神财富——善良与孝敬。

重视教育、信念坚定、勤劳朴素、乐观坚韧、善良孝敬——这样的家风家训，是姥爷留给我们的无形遗产，也将是我们留给后代的宝贵财富，它定会如时光一般，永恒久远……

漫笔抒怀

镜中的我，三十多岁，相貌对得起观众，看起来性情还算温和。我出生于距盛产"钟楼牌"啤酒的宣化古城约十华里的一个小村，纯粹的农家子弟。小时家境不富裕，又兼家中长女，故懂事较早。少年时常常被放手去做事，所以大胆而鲁莽。独立性较强，不会撒娇和耍泼，也即缺乏女性的"温柔"或女性的所谓"强悍"。善良耿直，常直言不讳，惹得别人不高兴。最喜欢的是文学和艺术（指音乐和舞蹈），但从小缺乏熏陶和培养；最不喜欢的是违背良心和本性做事；最痛恨的是心地丑陋的卑鄙小人；最珍惜的是人间美好的情感；最无奈的是发现自己的执着意义不大；最痛快的是从孩子的一言一行发现他的成长；最想做的是"周游列国"，流连人间美景（此愿很难实现）；最烦恼的是孩子生病；最成功的是很早就知道读书和掌握技能的重要性；最失败的是不会像有的人那样言语"动听"，讨他人欢心。

农家出身，不怕吃苦和受累；普通百姓，常为生计而奔波。八岁至今，读书十六载，教书七八年；1991年迈入大学门槛，开阔视野；1994年参加工作，自食其力；1995年领了一纸婚证，做了并不贤惠的妻子；1997年进入产房，做了并不称职的母亲。其间世事如流水东去，不可再追；唯有坦荡胸怀，一直未变。

年华易逝，青春易老，唯有文字可长存。写下这些并无多大意义的文字，借以抒怀，聊以自慰，就当是与朋友闲谈。自己年老时看看，也是一种快乐；孩子长大时读读，也是一种学习。

仅此而已。

现在已经是2000年岁末，生命旅程已越过了最让人怀恋的漫长而又短暂的三十个春夏秋冬。最末，友情赠送自己一句话："时光飞去不可追，珍惜自己的每一天。"

南疆深圳与塞外尚义

2015年6月，我有幸到南疆名城深圳逗留了两三天。那年轻、美丽的城市，让我流连忘返。7月，我又非常荣幸地在河北省尚义县盘桓了两日，那神奇的田园诗般的土地，同样让我赞叹不已。本想一一介绍给大家，忽又突发奇想：如把深圳和尚义的可爱之处一同告诉大家，岂不也是一件快事？

更为奇妙的是，当我站在中国地图前仔细观察两地的地理位置时，竟然发现尚义县就在深圳垂直的正北方。难道它们在同一经度上？上网一查，深圳的陆域位置是东经113°46′—114°37′，北纬22°27′—22°52′，尚义县的位置是东经113°97′，北纬41°08′。

果真如此！

看来这两片遥距两千多公里的土地还真是有缘呢。

"深圳"地名始见史籍于明永乐八年（1410）。当地方言客家话称田野间的水沟为"圳"或"涌"。深圳因其村落边有一条深水沟而得名。1979 年，中央和广东省把宝安县改为深圳市，深圳从此建市。

深圳，又称为"鹏城"，位于华南地区珠江三角洲东岸，与香港仅一水之隔，是中国最早的经济特区之一。在我看来，深圳的可爱首先在于它有可与北京、上海、广州相提并论的先进硬件设施。雄浑的候机大厅、平铺的长长的电梯、高耸入云的楼群、自动检票窗口，还有机场、港口、地铁、高速公路、高速铁路、公交车站等织成的立体交通网，让深圳与世界各地紧密相连。可以说，深圳处处是便捷、高效的国际都市景象。谁能想到，三十多年前，它还是一个毫不起眼儿的小渔村呢？

让我感受深刻的，除了它发展的高速度与高效率，还有无处不在的规范化管理。试举一例来说明：深圳的出租车有红色和绿色两种，分别服务于不同区域。候车人与出租车都必须在相应位置上排队等候，井然有序。出租车的计价器旁边放有写着司机姓名等相关信息的小牌，挂牌营运既便于乘客监督，也时时刻刻提醒司机自律，利于最大限度保障乘客的利益。另外，司机与乘客座位之间的网格状屏障，又有效地保护了司机的人身安全。深圳的精细化、人性化管理让像我一样的陌生人也能安心、放心和舒心，这样的城市哪能不可爱呢？

深圳是亚热带季风性湿润气候，同时也是滨海城市。海风吹拂，清爽宜人。丰沛的降水把整座城市洗刷得几乎一尘不染。如果你轻轻环抱那高大的棕榈树、椰子树，或者其他说不上名字的树，那干净、结实、粗壮的树干，一定会让你想到它们经历了无数次的风雨洗礼才拥有的坚韧；如果你仰望那几层楼高的伞状树冠上的叶片，那精致如绘的叶脉依然清晰可辨，也一定让你无比惊奇。这些像英俊伟岸的美男子一样挺拔、洒脱、肃立的绿色生命，护卫和装点着这座海滨城市，让它安宁而摇曳生姿。

深圳为典型的移民城市。大量的外来人口为它的迅速崛起做出了巨大贡献。令人敬佩的是，深圳人不仅崇尚奋斗，更是从容安静的。无论乘车还是就餐，只要是公共场合，都自觉静静排队，很少见到高声喧闹的，让人联想到深圳的海水在广阔苍穹下微漾的波澜。

所以，深圳的美，是科技发达现代的美；深圳人的美，则是年轻心态下文明的美。

如果说，深圳向我们展示的是一幅南国都市风情画，那尚义的美就是一幅绝妙的北国草原山水图。

尚义就是崇尚礼义、崇尚正义的意思。20世纪30年代，宋哲元任察哈尔省主席期间，竭力提倡孝、悌、忠、信、礼、义、廉、耻八德。当时，以八德命名颇为盛行。尚义之名与崇礼之名就是在这种情况下由"崇尚礼义"四字拆分重组而得的。

尚义县位于河北省西北部，总面积两千六百三十二平方公里。它处在内蒙古高原南缘，距北京三百零六公里，属"站在山上望北京，就能看见天安门"的京津经济圈辐射的紧密层。同时它又紧接晋蒙，是冀、晋、蒙三省区交界处的重要交通枢纽。

尚义属东亚大陆性季风气候，四季分明，热时骄阳似火，冷时地冻如铁。一如当地的人民，爱憎鲜明。

在尚义，高原、丘陵、谷地、台地，交错纵横；层峦叠嶂中苍松翠柏绿雾朦胧；绿雾朦胧环绕着漫山遍野的绿草如茵；绿草如茵的大地上油菜花、向阳花、土豆花绚烂绽放；绚烂绽放的花丛中蝶舞蜂吟。绿色蔬菜基地一垄垄菜畦排列规整；发电的巨大风车悠然地、不知疲倦地旋转不停；平坦宽阔的道路延伸到与天际相接；觅食的羊群在草坡上漫撒像朵朵白莲；瑟尔基河碧水潺潺不息流淌；大青山森林公园远离尘嚣像世外桃源；察汗淖尔国家湿地公园一望无边；四台驿站旁的赛羊盛会吸引各地游客观看；仰韶出土文物默默无言见证着历史的悠远……

试问，在21世纪的今天，如果没有可持续发展的理念，你我怎会欣赏到如此完好的原生态自然美景呢？

所以，尚义人也是可爱的。他们崇尚自然，更保护自然，深情地爱着自己的家园。

尚义人的可爱还在于他们的热情、真诚。他们会用最好的美食招待远方来客。独具地方风味的羊肉、莜面、炸糕、冻土豆，纯天然、真绿色，精致、地道，让人唇齿留香，回味悠长。绝不像那些添加多、本真少的食物，让人吃了比不吃更后悔。

在晚间举行的省市作家座谈会上，大家一起讨论文学创作中有关精神救赎的问题。尚义的一位作家谈到了自己多年之前的一件憾事。在重要场合，人们大多只愿意说出自己最得意的事，能敞开心扉谈论心底里憾事的人，并不多见，足见她襟怀无比敞亮。尚义的另一位诗人虽一直务农在家，却坚持写作三十多年，备尝生活艰难苦涩依然痴心不改，坚守在文学的神圣殿堂，实在可敬可佩！负责接待的另一位尚义的作家，忙前忙后、风趣幽默，原生态的地方民歌唱得高亢、嘹亮、婉转、悠扬，与车外的景色相得益彰……我心中不禁感叹：

真真是尚风尚水尚义县，有才有情尚义人！

这些天，我常常在想，在我国幅员辽阔的大地上，像南疆名城深圳这样快节奏的发达城市还有很多；像塞北之地尚义这样慢生活的宁静乡村也有不少。但无论是城市还是乡村，只要是咱祖国的山水，它就是养育我们的母亲，就值得我们去真诚地赞美、深情地热爱、有效地保护、科学地建设，用智慧去回报！无论是自强不息、拼搏不已的深圳人，像土地一样质朴的尚义人，还是其他什么地方的人，只要是咱中国人，就是我们的兄弟姐妹，我们就要真心地彼此关爱、相互关心。要知道，能温暖并照亮我们的，绝不仅有太阳和月亮的光华，还有人性的光辉啊！

能为滋养我们的广博大地做些什么呢？我轻声地问

自己。

　　虽然在深圳和尚义的时间都很短暂，目光所及之处也只如浮光掠影一般，然心之所感，却是真真切切。离开它们的时候，不说再见，满怀祝愿：愿祖国的每一寸土地都永享和平、繁荣昌盛！愿每一个中国人都幸福康健、乐享华年！

"苹果上的伤疤"

——相声和小品中的"泼妇范儿"

某天在电视节目中，看到一个夫妻档的小品表演。在表演过程中，妻子捆丈夫无数次。几乎对白一个回合，丈夫就会挨捆一次。表演结束，丈夫的嘴巴似乎都红肿了。表演者说，捆是有技巧的，并不像观众看起来的那样疼。而在另一个相声表演节目中，相声演员以自己的师父为搞笑对象，"浓墨重彩"地塑造了一个"黑矮胖"的可笑形象。

我们如果细想，就会想起许多类似的情景。比如，一些相声或小品中以给他人当长辈或"诅咒"对方或对方家人为搞笑点；以取笑表演搭档的身材或相貌为乐；当着众多观众的面啐人一脸唾沫星子……

我不知道大家每次看到这样的表演感觉如何。在观众的哄笑声中，我总觉得有什么地方不对劲。

是哪里不对劲呢？

我想，是表演这些作品的过程中，以损害他人的尊严为代价的搞笑让人隐隐不安。这些不文明的语言或动作常常让人想起那些没教养没素质的骂街"泼妇"，我们暂且称之为"泼妇范儿"。实际上，观众希望欣赏的绝不是这种水平和形式的表演，而是像马三立和侯宝林等老先生表演的相声那样的相声，是赵丽蓉和巩汉林等表演的小品那样的小品。在他们表演的那些优秀作品里，风趣幽默是浑然天成的，令人捧腹的笑料是有文化韵味耐人琢磨的。这也是观众特别喜欢这些艺术上卓有造诣的人的原因。

　　我国是人口大国，每天收看电视节目的人数以千万计。凡是在公共媒体上表演的节目，尤其是相声和小品表演，喜欢欣赏的观众更是不计其数。观众各个年龄段的都有，各个文化层次的也都有。如果观众是未成年人，正确的价值观和世界观都还没有真正在内心确立起来，那么，那些充满"泼妇范儿"的表演会不会让幼稚的孩子们觉得人是可以随便打的？恶意贬损他人也是没什么的？不高兴了就当面狠啐他人一脸也是无所谓的？总而言之一句话，他人的尊严是可以随意践踏的呢？

　　年幼的孩子们要是模仿了，在生活中既不懂尊重他人，又不懂尊重自己，经常欺凌他人而不以为是错的，我们又该怎么教育他们呢？

　　先进文化具有文明引领作用。优秀的作品可以穿越时空，深深印刻在每个人的记忆里，化作力量深藏在人的精神世界。当在现实生活中遇到了某一个场景，就可以被激活，从而发挥积极作用。想想，有多少优秀的文艺作品让我们汲取了力量，精神得以成长，内心得以强大，才扛过了生活中的那些艰难曲折？好作品是有生命力的。它植根于人的内心，让人内心充满阳光。阳光能强健筋骨，阳光能驱散黑暗。值得注意的是，不好的作品或作品中不好的部分也是可以在人的内心扎根的，只不过时间越长，心里的阴影越多而已。所以，我们在从事相声、小品等文艺创作时，绝不可掉以轻心、马马虎虎，而要警醒。要充分认识到自己肩负的教化职责和功能，以高尚的作品传递文明的同时，自尊与尊人这样最起码的公德是应该体现的。我们不要以搞笑作为目的，自降标准，以低俗粗俗来博人一笑。不经意间就在哄堂大笑中传递了负能量，尤其是对那些还不谙世事的孩子。每当这种时候，我就联想到西装革履的帅哥当众吐痰或穿旗袍的优雅女子当街爆粗口的情景，我也常常想到那些长着伤疤的苹果。这些"伤疤"无疑会有损于作品自身，也有损于良好的社会道德风尚。我想，这绝不是创作者和表演者的初衷。

创作任何作品，都需要精益求精，都需要考虑它的社会效应。"泼妇范儿"往小里说，是作品难免会有的瑕疵；往大里说，就可能需要思考一下文艺创作需追寻的方向问题。社会的文明因子需从每一件小事培养起。"泼妇范儿"害人害己。但愿每位创作者在创作时都能想到这个问题。

平板火车与"怪物"《新青年》等

平板火车

许多人知道平板手机、平板电脑，但很少有人了解，火车也曾是平板的。

安德鲁·卡耐基，曾是美国经济界的大鳄。有一次，他把装有支票的包裹不小心弄丢了。后来发现，包裹是被颠簸的火车甩出去了。当时的火车就像我们现在常见的平板三轮一样，没有类似车厢的保护装置。

后来，有人发明了火车车厢，增加了乘坐火车的安全性，避免了旅客和包裹被甩出去的危险。再后来，有人发明了卧铺车厢，让我们不仅可以"坐火车"，还可以在火车上"拥被而卧"，享受家一样的舒适与温暖。

创新源于需要，需要推动创新。人类生生不息，创新的脚步便永不停歇。因为，总有一些人想让世界变得更加美好。创新需要革新的智慧。正是历史上的这些有心人，勤于思考，对身边的事物进行了可贵的创新与改进，社会的文明与进步才一点点地被推动。

"怪物"《新青年》

我国古人写文章自上而下，从右往左，而且没有标点符号（我国汉朝时才发明了句读符号。语意完整的一小段为"句"；句中语意未完，语气可停顿的一段为"读"，念"逗"，相当于现在的逗号），所以文章读起来非常吃力，还容易让人对文章产生歧义和误解。宋朝时使用"。""，"来表示句读。明代才出现了人名号和地名号。这些就是我国最早的标点符号。1919年国语统一筹备会在我国原有标点符号的基础上，参考各国通用的标点符号，规定了十二种符号，由当时教育部颁布全国。新中国成立后，出版总署进一步总结了标点符号的用法规律，于1951年刊发了《标点符号用法》，同年10月政务院作出了《关于学习标点符号用法的指示》。从此，标点符号才趋于完善，有了统一的用法。1990年4月，国家语言文字工作委员会和新闻出版署修订颁布了《标点符号用法》，对标点符号及其用法做了新的规定和说明。

我国近代卓越的学者周作人和钱玄同等人，主张革新书写方式，提倡采用和西方相同的左起横写的书写习惯，并使用标点符号。这一主张首先在《新青年》杂志得到应用。当《新青年》首次出版时，许多人嘲笑它是"怪物"。但这种"怪物"式的书写方式和标点符号，在今天已畅行无阻。它不仅让我们更好地实现了人与文本的顺畅交流，也加强了与国际的接轨。

新事物被接受总得有个过程。所以，创新难免遭人嘲笑和讥讽。要创新，不仅需要革新的智慧，更需要直面嘲讽的勇气。让我们向这些满怀创新精神并勇敢面对嘲笑的人致以崇高的敬意。

桌鼎趣话

黄永玉先生在《芥末居杂记》中讲到这样一个故事：

桌四足不齐，忐忑左右，鼎见而笑之曰："以我阔颈丰腰之躯，尚三足足矣，且不论崎岖，立地即稳。君足所撑持仅一板耳。拟可深思！"桌自惭形秽，锯减一足，仆地不起。

桌子之所以站立不稳，是由于四条桌腿长短不齐，如果想办法解决了这个问题，自然就能稳稳地站立。它面对鼎的取笑，不加思考，缺乏自知之明，盲目模仿，最终成了"仆地不起"的废物。

可见，创新与改变不仅需要智慧和面对嘲讽的勇气，还需要清醒的认识与理性的选择。否则将误入歧途，导致失败。

世界上没有完全相同的两片树叶，当然也没有完全相同的两个人。每个人都是世界上独一无二的存在。只要我们善于观察、勤于思考，就会有自己不同于他人的独特视角。当我们将头脑中的智慧之光转化为文字或付诸实践，就迈进了创新的行列，具备了创新的精神。

谁都可以是创新者。

如今，互联网使天涯近若比邻，远隔千山万水也能明眸传情；七千米的洋底深潜着探宝的潜艇；列列火车在地下风驰电掣交错穿行……作为人类发展的第一动力，创新让我们的生活每天有变化发生，这些变化亘古未有，这些变化闻所未闻。

崭新时代，全民创业、万众创新。让我们点燃自己智慧的火把，为某时某刻的某一个角落送去源于自己的微微光明。若十四亿人微光集聚，必将在世界大舞台上灿若晨星。

爬山虎

爬山虎真像一尾青虾
天生喜欢左爬右爬

不管人家看不看它
它都能把墙装饰成画

被岁月轻轻一炒
就红得如锦如花

你看
枝儿在风中稍稍展了一下腰身
如掌的叶就翩然而下

爬山虎又像人一样
总把自己金色的暮年
交到故土的手里

秋叶如花

风清气爽，约朋友出来赏秋叶。

朋友说："一看到秋叶变黄、变红且随风轻轻飘落，总会想到生命的逐渐老去，内心不由得就有些伤感。"

我对她说："你知道我的感觉吗？年龄越大，我反而越发觉出秋的美和可爱来了。你看这一树一树的秋叶，要么黄灿灿，要么红彤彤，要么红黄绿斑驳着，在阳光下舒展，多像一树树的花儿在怒放！这真是自然的神奇！即使飘然而落，它不也已经充分享受了春光夏日的无限美好吗？又有什么可遗憾的呢？且落下来的叶，不是还能'化作春泥更护花'吗？不用等多久，春天就又来了，那时，又是一片绿雾朦胧，何必伤感呢？"

朋友欣然，说："仔细地看，果真是'秋叶如花'啊。你不说，我还从来没注意过呢。"

亲爱的朋友，生命的不同阶段都有其独特的美丽。让我们睁开双眼，敞开心扉，来感受生命和生活的精彩魅力吧！

旧信重拾

（一）

人是一步步走过来的。这不仅仅是年龄日日增长，更重要的是思想日趋成熟。家庭、学校、社会每时每刻都在影响、塑造、改变着每一个人。有些事，当时身处迷雾，看不清楚也想不明白。事隔多年，方知许多事都很自然，也很稀松平常。人的际遇不同，性格也千差万别。经过社会的涤荡，仍不失其真善本性的，才是强者。

自然界中，物竞天择，适者生存。社会竞争是激烈的，我们不愿失败，更不甘沉沦。尽管我们不是时时处处都占据优势，但我们可以扬长避短，吸取别人的长处以弥补自身的不足。我们都应该拿起笔来，虽然它现在很笨拙，但谁能断定它将来不会变得灵巧起来呢？

不过，人生也不是时时处处都在竞争，闲适也是有的。

我不记日记。也像你一样，有所感，才有所发。认为写得还算不错的不扔掉了事。我只希望能从后一篇文中看出较前一篇的进步来。而且大多数文章常是一些情绪的流动，感触的喷发，没有太高的立意。希望以后在这方面能有所突破。

（二）

随着时光的流逝，也许从前认为非常正确且为之大费苦心的事，现在却变得不合情理。从前认为不可"越雷池一步"的，现在细想却又在常理之中。许多当时困扰你心，使你"食不甘味、夜不成寐"的愁绪，现在想来，也不过是人生一段小小的插曲。虽不免余音袅袅，却也如晨雾一般，随着太阳的冉冉升起，终归是要散去的。只不过，那朦胧的感觉在心中依然留下一点痕迹而已。

人在事中，尤其当人处于某种困境时，千万要耐心地劝告自己："不要急，更不要对人生失望。有峰回必有路转，一切的不如意都将会成为过去，而未来的一切又是那样地不可知。"

痛楚必然会在心头留一抹淡淡的苦味。愉快的缅怀会使你的脸上绽放一朵人不易察觉的含笑的花。失落掉的也许能重新得到，也许永不再有复得的机会。但或许，代替曾经失落的将会更加美好、更为殷实、更值得为之付出努力。人不会永远得到或永远只是失去。所以，当你错过了一个十分重要的机会，既然已经成为事实，就不必一味叹息。人可走的路有无数条，只不过有的稍稍平坦，有的坎坷一些罢了。处在歧路之中，谁又能料到未走将走的路中，哪一条走起来轻松些，哪一条又沉重些呢？况且，那沉重感对于人的成熟又何尝不是一种锻炼呢？

走过许多路的人，不会因为这段路平坦就得意，也不会因为正走的路充满荆棘而退缩。世上没有完全相同的道路。即使从同一地点出发，沿着相同的路径行走，有人步行、有人骑车、有人乘车，条件不一样，那么，他们又怎么能有相同的所见、所闻、所感、所想呢？

世上的许多事情何尝不如此？

（三）

你来信说，那次久别重逢，说了许多话，嗓子都哑了。我又何尝不是把那久积心中的思绪一吐为快。尽管语无伦次，你竟然能心领神会，难道这就是"心有灵犀一点通"？

时移世易。欢乐的时光固然给人留下美好的记忆，困顿的境遇将赐予人宝贵的财富。这些财富也许很久以后我们才会感到它的珍贵。但很少有人能做到在困顿时洒脱面对。

你说："一年未见，你变得大不似从前。"我自己也有所觉察。环境塑造人的力量究竟有多大？你我是很难想象的。当你迈进大学的门槛，我也开始了一段新的路程。这路程曲折而漫长，它不仅是时间上的，更重要的是心理上的。

我家祖辈少有读书人，由读书而走上仕途的就更加没有。我的曾祖父和祖父都是一生辛劳却未做出值得后代引以为傲的业绩的人。我的父亲由于家庭及观念的影响，未能中学毕业。唯独我的母亲是"高小"毕业。我不清楚"高小"准确地相当于现在的什么文化程度。但可以肯定的是，我的学前教育中，母亲的功劳是最大的。我的启蒙教育是从认识糊在顶棚报纸上的字开始的。每当我把学到的字写出来，伙伴们都不认识时，心里就觉得美滋滋的。这虽然很幼稚，但就是从那时起，学习知识的积极性就被触发了，而且一直影响到现在。

我的父亲是极普通的工人，朴素、善良、性格内向、不善言谈。他总是把对孩子们的爱点点滴滴渗透在行为中，从来没有在言语中表达过。我上高中时，学校离家三十余里，父亲经常乘车去看我。带些吃的，叙叙家常。二十多年过去了，如今我还能记起我和父亲坐着小马扎，在宿舍前的院子里聊天的情景，聊的是什么，已经彻底忘记了。

我的父母很少打骂我们，甚至不说严厉的话。遇事总是循循善诱，谆谆教诲。所以后来我长大成人，每每看见大人们对孩子拳脚相加、棍棒教育时，心跳就加快，说不出的滋味。上小学时，我的成绩在班里一直还算不错。每天早晨，天还未亮，就早早地来到学校，读书、写生字。每回，当父母把饭送到学校时，如果天气很冷，教我的顾文元老师就会边上课边让饭盒在泥砖火炉上烤着。这位慈爱的老师，也像其他好心人一样，在我心里播下了善良的种子。

这样，我一直在家长和老师的呵护下长大，就像温室中的花，全然不知外面的世界。一旦从温室中出来，就茫然不知所措。

简朴的家庭自然培养人种种优秀的品质，但也有其封闭和落后的一面。高考落榜后，为了能有地方读书，我四处奔走。在过去那些"人不求我，我亦不求人"的日子里，彼此相安无事，觉察不出人情冷暖。当对人有所求时，才能洞察到一些人情世态。那时，我举目四望，一片茫然，竟想不出谁能在我需要帮助的时候，实实在在地伸以援手。

后来，我在回家的路上，邂逅一位我初中学校的老师。我只知道他是我初中学校的老师，并不知道这位老师的姓名。我十分礼貌地上前与那位老师打了招呼。老师看似随意地问了我一句："你干什么去了？好像有难事？"后来我想，那位可敬的老师一定是看见我哭得有些红肿的眼睛，觉得我有为难的事吧。

就是这位老师，帮我打了一个电话，我才再次有了读书的机会——去洋河南中学补习了一年。后来我上了张家口师范专科学校。这位善良老师的一个电话改变了我这个农家女子的命运。

日子就在忙忙碌碌中一天天地过去了。马马虎虎的我当时和以后都没有想起去谢谢这位好心的老师。我后来再也没见过他，不知老师现在是否安好。

愿好人一生都有晴天暖照！

人生当有品

"人生当有品"，这是梁启超先生写给即将出国留学的梁思成的信中所说的话。

我想，"品"一般来说，是等级的意思。货物有品，分一级品、二级品……伪劣产品无级无品。人也有品。人的品与地位和财富无关。有的人活成上品，有的人活成下品，无品之人不成其为人。

有品之人有羞恶之心，自我尊重。

人的身体大部分都裹藏在衣服里，只有手和脸总是露在外面，不怕人看。俗话说，人活一张脸，树活一张皮。脸面最能代表一个人的品。有羞恶之心就是要脸面，怕丢人现眼。

一位银行家的妻子，在布拉格一间咖啡馆里爱上了一位作家。他写一页，她看一页。他也爱她，她隐瞒了婚姻状况。作家后来得知恋人是有夫之妇，两人从此没见。作家孤寂一生，弥留之际，念叨着那女人的名字。往前一步是丑闻，往后一步是对爱的尊重。作家叫卡夫卡，那部作品是《变形记》。

可见仅一步之遥的进退，就对有品和无品做出了分界。

如果有人看见路边有两条狗肆无忌惮，一般都会视而不见。因为谁都知道，那是动物，动物毫无羞恶之心。而有些自称为"人"的人，在人前人模狗样，冠冕堂皇；在人后却追腥逐臭，在污秽之地追求动物级别的所谓享乐，全然忘记自己是万物之灵长，有灵性、有智慧，甚至泯灭良知，将罪恶魔爪伸向懵懂无知的幼童，粉碎一个又一个花季少女一生的幸福，带给那些无辜的孩子和她们的家人无休无止的痛苦。真不知这些枉为人类的渣滓其父母是如何将他们养大的。

有人认为，人之所以会做出无良行为，归根结底是不能慎独。有人曾说，慎独是在精神戒备最薄弱时激发出的一种自律意识，是战战兢兢做事，如履薄冰做人，完善自我。我觉得这句话特别有道理。当我们身边没有他人的眼睛监督时，谁是我们心灵的主宰呢？是自己的意志！阳光般坦坦荡荡地活着还是丑态百出，全在于能否慎独，是否有羞恶之心。有羞恶之心，就会约束自己，尤其是独处时更会洁身自好，守身如玉，生怕自身行为不慎而给父母和子孙抹黑；有羞恶之心就会在当行时则行，当止时则止，不矫饰、不放纵，视名誉如生命。能否自尊，决定一个人是否有品，能否成为精神高贵的人。

有品之人不仅自尊，还有敬畏之心，懂得尊重他人。

英国国王爱德华到伦敦的贫民窟进行视察，来到了一所东倒西歪的房子门口，里边住着个一贫如洗的老太太。国王问道："请问，我可以进来吗？"这一声礼貌的询问，显示了尊重他人的崇高品质。这就是品。

这种尊重他人的高贵品质体现在日常生活中的大事小情。

每当大雨过后，街道上到处流淌着来不及泄走的雨水。有的司机会减速慢行；有的司机会耐心等待，避让行人；有的司机会用自己心爱的汽车免费向遭遇暴雨围困的人伸出援手；而有的司机却照常一路狂奔，根本无视那些污泥浊水迸溅到行人的衣服上。更有甚者，有的司机开豪车撞了人，不仅不施救，还丧心病狂地一而再，再而三地对受害人加以戕害，恐其不死，就如同被碾轧的是一块毫无知觉的石头瓦块，视生命如草芥。这样行事的人即使家资千万，也是赤贫之人，而将受伤者从危境中救起的拾荒阿婆不知比这样家资千万的"赤贫之人"要高贵和富有多少倍。

一辆奥迪车在澳大利亚一机场停了六天，车主回来取车时发现一只鸟在雨刷上筑了巢，并下了蛋。车主与野生动物保护官员联系后得知，可以请人将巢移走，或者等蛋孵化出再将车取走。车主最后决定将爱车留在机场，供这只鸟儿安心孵化，而自己则骑自行车回家。

那些为了获取不法利益而在动物保护区张网猎鸟的人

看到这则故事，不知会作何感想，能否反躬自问道德良心。他们常大言不惭地讲："哼！这年代，道德算老几，良心值几文！法律还不是人说了算？"当终有一天，发现法律真能说了算时，才追悔莫及。

一日去爬赐儿山，庙前的空地上一畦又一畦的蔬菜蓬勃着，生机盎然。圆润鲜亮的西红柿和翠绿可人的辣椒，还有泛着光的茄子。我看见有些半大的西红柿被虫子咬坏了，带着大大小小的伤疤散落在松软的土地上，就问寺庙里负责种菜的杂工："这么多西红柿被虫子咬坏了，多可惜呀，为什么不适当喷点儿农药呢？"满脸皱纹的杂工悠悠地回答："佛说，万物都是生命，为了不杀生，所以不喷农药，顺其自然就好。"我听了，当时非常不理解。现在想想，这其实是多么宝贵的对生命的一种悲悯情怀呀！

可见，有品之人不仅尊重人的生命，敬畏人的生命，还常怀悲悯之心，敬畏天地万物。当他们得知那些劈波斩浪遨游大海的鲨鱼仅仅因为有些人想品尝鱼翅的美味就被割掉鱼鳍而悲惨沉于海底时，我想，他们绝不会去品尝鱼翅，当然，更不会去伤害那些无辜弱小的生命，如流浪狗或流浪猫而泄一时之愤。

不损害他人是做人的本分，而帮助他人是境界的高洁。在许多时候，"只要伸出双手，就能给他人一个春天"。

自尊、尊人、有悲天悯人的情怀让人有品。而进取心和敬业精神同样能提升人的品位。

人生如棋

爬山虎

威海之行

岁月静好

僧官庄

有人说，人没有不懒的，好逸恶劳是人的天性，就如人本能地要趋利避害一样。正因如此，能积极进取、主动敬业（不是被逼无奈的敬业）的人，与终日浑浑噩噩"吃饱混天黑"的人相比，品之高下如水落石出。进取和敬业的人，总是"不用扬鞭自奋蹄"。无论顺风顺水还是逆水行舟，都能竭尽全力将分内之事做到最好，有的甚至鞠躬尽瘁，死而后已。几个月前，电视中报道，我国一位军事科学家在生命垂危之时，依然念念不忘我国的国防事业，拒绝医生和护士让他手术和多休息的建议，争分夺秒地将自己呕心沥血的研究成果写出来。他说："如果不写出来，我死也不瞑目！"试问：谁不想尽量地多活？在生命的最后关头依然想着为国家尽心尽力的人，令人肃然起敬的不仅仅是他顶天立地、视死如归的无畏精神，更有进取和敬业的优秀品质。这样的人绝对是流芳千古的人中极品。

　　总之，有品之人知羞恶、有悲悯、懂敬畏、思进取。即使遭遇苦难也绝不会沉沦。他们纯纯粹粹、干干净净、坦坦荡荡地立于天地之间。纵然能力微小，也总能做到问心无愧。即使不被人前称誉，也绝不会被人背后指指点点。他们对自己、对家庭、对子孙后代、对他人、对社会负责；以自己的微薄之力为家庭、为社会、为国家甚至于为人类谋幸福、做贡献。崇高的思想境界和完善的人格理想是他们毕生的追求。而无品之人则恰恰相反，他们像鸡豚狗彘一样没有尊严地活着：品行不端，蝇营狗苟；不守节操，卖身求荣；靠出卖肉体和灵魂来换取锦衣玉食、名车别墅；践踏道德和国法，祸国殃民，最终贻笑于他人，遗臭于历史。

一个国家，一个民族，有品之人多，则强；有品之人少，则弱。多或少，不仅仅在于个人自身的文化修养和道德素养，更依赖于国家法度的完备与执行力。

人生如棋，我愿为卒

人生如棋。每枚棋子初落棋盘，即依定规，不由自主。

有人生于商贾云集的富庶之地，有人生于偏远闭塞的贫山瘠水，有人生于世世握笔言诗的书香之家，有人生于代代隶耕的村野之户。刚一睁眼就有云泥之别，看到的就是迥然不同的世界。譬如，棋盘之上，老将天生不为生活担忧，车、马、象、士、炮、兵卒，都拼死效力，为其服务，一生都受着护佑，就如同某某二代。车呢，实力雄厚、横冲直撞、所向披靡，虽也难免被其他棋子所牵制，但总起来讲，仍属强势群体，常不免颐指气使。马能走"日"，腾挪跳跃，四方驱驰，恣肆汪洋，也是自由而豪放的。但马常被绊住腿脚，眼睁睁干着急不能效力。象可飞"田"，但不能过河，只能在几条固定线路上，局限性让它难免缩手缩脚。士呢？作为将的近卫军，常临危受命，甚至不惜牺牲自我以保全将帅。它滑来滑去，滑不出一方之格，终究是有些憋屈了自己。炮能隔山隔水地隔空打击，然而，它必须借助他物当作炮架，方能发挥作用，否则将一无所用，仰人鼻息终非长久之计。

所以，在充满竞争的棋局中，我更愿成为一个小卒。它虽无车炮钢铁之坚利，也不似马象庞大有力。它手持最简单的武器，勇敢无惧地稳稳站在人生前沿，步步向前，从不畏惧后退，也不自惭形秽，它只瞻前不顾后，稳扎稳打，步步为营，只重过程，不求结果。卒子的精神常让我想起那些倾尽一生心血研究科学与艺术的人的坚定不移。

一子不成棋。

人生在世，必脱离不了社会，离不开他人。人生如棋，角色不同，分工有异。唯有各司其职、各尽其责、各尽其能、不互相掣肘、不互为牵制，方有一片广阔天地。我虽凡夫俗子，一介书生，但无论身处何种境遇，都不改初心。或浅吟低唱，或引吭高歌，抑或沉默不言，然正道直行、胸怀大义，心是向善向上向着未来的。虽然所发之力、所发之光微不足道，也从不敢妄自菲薄。

独行快、众行远。单打独斗难成气候。所以，能力微薄但要常互相照应、互相协作，做事搭台不拆台。该决断时，不畏缩、不犹豫；遇艰险时，能克服就不回避，披荆斩棘、不畏惧。

自信：明志、厚德、笃行，自有收获。种瓜不得豆。

尚义八月赛会盛

朋友，如果你现在心情特别静好，那么就请你微微闭上双眼，想象一下：湛蓝湛蓝的天底下，延伸着一望无际碧绿的草原；草原的边缘是郁郁葱葱的森林重重叠叠；重重叠叠的森林覆盖着绵延起伏的山峦；绵延起伏的山峦上，亭亭玉立的风车悠悠旋转；鸟鸣白云间，马群羊群随处见……如此古厚真璞的所在，正是河北省尚义县。尚义的大美语言文字难以描摹。如想体会其中真味，定要身临其境，亲眼所见。

2015年8月，中国·尚义第十二届赛羊会和全国首届搓莜面大赛，就是在这如诗如画的大地上举行的。如果你有兴趣，就让我带你去看看吧。

（一）搓莜面大赛热火朝天

晴空朗朗的好天气，明媚的阳光照耀着。照耀着层层看台上兴味盎然的观众，更照耀着那些身着艳丽吉祥花卉图案的民族服装的二百名选手。

这些选手是来自尚义县各地的搓莜面能手。她们一字儿排开，站在摆好的桌案前，个个精神抖擞、神情专注。揪、揉、搓……手下的莜面面团随着在案板上快速搓动的双手，两条或三条长长的莜面鱼儿，同时从每一只手掌下游动出来，它们不粘不连，不弯不断，粗细均匀，光滑瓷实……如此高超的技艺，让人惊叹。

"我也搓过莜面鱼鱼，一次只能用一只手搓，还只能搓一条，搓出来的莜面，粗的像小孩子的手指头，细的又像毛线线，还长一段儿短一截儿的，瞧瞧人家的，啧！啧！真是没法儿比……"看台上的一位三十多岁的女人说。

"我可比你强多了，不仅能搓莜面鱼鱼，还会搓莜面窝窝呢。不过，我那莜面窝窝可是薄一片厚一片的，有的一扯吧，又成了窟窿啦；还得再揉成面团团，重新搓。等搓完了，你看吧，就像咱这看台上的观众，高矮胖瘦啥样的都有。你看人家（用手指着赛场上的一位选手），揪下比红枣大一点儿的面团，往光滑的瓷砖上这么一放，用手掌边轻轻这么一压，顺势往下一搓，手指这么一绕，往起一带，莜面就势乖乖地缠在了手指上，一个莜面窝窝就做得了。你瞅瞅，简直薄得像纸一样啊，还透亮透亮的，几乎一模一样，真像流水线上生产出来的。你再瞧瞧人家那速度，你刚一眨眼，人家就把一块面团变成鱼鱼和窝窝了。我真佩服这些巧手，把一块块毫不起眼儿的面团三下两下就变成精美艺术品啦，简直是出神入化。哈哈哈……"旁边的另一位女人边说边比画，爽朗地笑着。

"哎，我说，你们知道不知道，为什么咱们尚义能举行这么大规模的搓莜面大赛？还是全国第一次举行的。（没等别人回答就自顾自地往下说）因为在咱这儿，莜面是主食，其他许多地方的人见都没见过莜面呢，更别说吃啦。莜面不是莜麦加工的吗？书上说，莜麦也叫裸燕麦，它生长的区域十分有限，别看在咱尚义县种得挺多，其他许多地儿都不能生长呢。你们知道不，莜面含钙、磷、铁、核黄素等多种营养成分，听说还能预防糖尿病、冠心病、动脉硬化、高血压，是一种高级保健食品呢。书上还说，莜面中含有的特殊物质——亚油酸，能促进人体新陈代谢，有助于减肥和美容呢。"

"是吗？这些我还真不是很清楚呢。你这个女秀才，懂的就是多。"三个人又哈哈地笑起来，连坐在旁边的一位老太太都乐得咧开豁牙牙的嘴，咪咪地笑了。

"莜面有三净三熟。做饭时，和完面的面盆是干净的；

手上不粘一点儿面，手是干净的；搓莜面的板儿是干净的，所以叫三净。莜麦粒儿得先炒熟，磨成面粉，再用滚烫的开水烫熟，再入锅蒸熟，所以叫三熟。莜面好吃又好消化呢。再蘸点儿好汤，像蘑菇肉丝汤啦，鸡蛋汤啦，茄子土豆汤啦，大葱羊肉汤啦，那就更甭提有多香了，都能吃出咱草原上空气的味道来。好山好水好空气才出好粮食嘛。"老太太忍不住插话说。

"老人家还挺会概括总结呢。"大家欢快的笑声在晴空下荡漾，连赛场边的树叶儿都乐得轻舞起来，好像在给热火朝天的搓莜面大赛喝彩。

（二）赛羊大会扣人心弦

"尚义县曾是北戎、匈奴、鲜卑、突厥、蒙古等民族繁衍生息的地方。在漫长的养羊历史长河中，形成了独具特色的羊文化。2003 年，我们县开始举办被称为草原上的'羊奥运'的赛羊会。如今，尚义赛羊会已成为咱河北省的重要节庆活动之一。尚义已'羊'名全国，甚至'羊'名海外了。"一位尚义的朋友自豪地对我说。

赛羊大会源于元朝，是蒙古民俗文化的重要载体。赛羊大会预赛主要在石井乡四台蒙古营（四台蒙古营，即当时的四台驿站地，属于河北省唯一的纯蒙古族牧民聚居村，至今仍沿袭着原汁原味的草原传统风俗习惯）举行，决赛主要在县城主会场（县城主体广场）举办。赛羊会分为羊王、羊后、羊王子选拔赛，公羊对抗赛，羊拉车赛，羊拔河赛等。其中，最惊心动魄的是公羊对抗赛。

在来自四面八方的观众的热切注视下，两只公羊选手被羊主人带入赛羊台。它们镇定自若地分列赛羊台的两端，有的公羊选手的犄角还被主人染成彩色。身穿洁白绸衣、腰系大红丝带的主人手抓羊角紧挨在羊的身边。两只公羊都虎视眈眈地注视着对方，如仇人相见，分外眼红。待裁判一声令下，羊主人刚一松手，公羊选手就如饿虎扑食，冲向对方。只见它们怒目圆睁、腾空跃起，结实的后腿死死蹬住地面，前腿蜷缩，双耳紧贴，肌肉绷直，睾丸充盈胀满，弓背低头，双角猛地撞向对方……两只公羊的身体恰似高架桥的两端，力量迸发的瞬间触到对方，完成"合龙"，一座紧密相连的动感"弧形桥"在草原之上、蓝天之下凌空飞架，随着"嘭"的一声巨响，这座"桥"伴着观众的喝彩声突然轰然分开，带着重重的呼啸声落回地面，各自后退几步，再奋蹄向前冲……这样的几个回合下来，有的公羊选手越战越勇，毫无畏惧；有的公羊选手面对强大的对手则"只有招架之功，毫无还手之力"，越战越胆怯，不敢正面"迎敌"，只能迂回躲闪。当无敌勇者带着呼呼风声迅猛向前，而弱者掉头逃跑时，这场力与美的较量就见出胜负了。胜利一方的羊主人激动地拍着自家羊的背，似在对它说："好样的！好样的！"赶快在他心爱的公羊头顶上戴一朵大红花作为奖赏。战败一方的羊主人，也轻轻抚着自家羊的头或背，似在对它说："没关系，没关系。老伙计，你已经尽力了。"羊主人与羊的那种默契和情谊让你想到战场上战士与战马的深情厚谊，让你忽然很感动。

事实上，赛羊大会的其他比赛项目与公羊比赛一样，都不仅具有观赏性、娱乐性，还具有非常重要的现实意义。它促进了良种的选育（尚义县的世界名羊品种多达二十余种，绵羊有乌骨绵羊、夏洛莱羊、无角道赛特羊、杜泊绵羊等品种；山羊有波尔山羊、努比山羊等品种），也为当地养羊人充分交流养羊经验提供了广阔平台，从而有力地促进了畜牧业的发展。同时，赛羊大会也进一步加深了当地蒙汉人民的兄弟情谊，并使当地独特的民俗文化得以代代传承，流传不息。

朋友，怎么样？我带你这么一看，你是不是也特别想来尚义赏赏搓莜面大赛和赛羊会，过过羊肉美食节呢？那你就选个风清气爽的好日子，赶快来吧！尚义好吃的好看的好玩儿的还有很多很多，实在不是一篇短短的文章能介绍完的。到那时，像大山一样纯朴厚道的尚义人定会用大山一样开阔的胸怀和纯天然的美食欢迎你的到来！

三咏鲍鱼

我小的时候，对大名鼎鼎的鲍鱼，只闻其名，未见其身。还听说，一碗鲍鱼汤需人民币 N 多元。心中就想，如此昂贵的珍馐美味，定是"皇亲国戚"所享有，绝非寻常百姓所能轻易品尝的。

直到最近几年，我才在较为大型的超市见到它。原来它竟然那么其貌不扬，甚至可说是奇丑无比！它们软软的身体半藏半露在疙疙瘩瘩、灰不溜秋的贝壳里，那贝壳既没有优美流畅的线条，也毫无招人喜爱的色彩，只偶见些暗淡绿色斑驳地泛着微光。它们静静沉在水中，有时孤独自处，有时又与几个小伙伴紧紧相拥，要是有人想用手分开它们，如不用力，都不容易将它们掰开。

查阅资料得知：鲍鱼虽有"鱼"的称谓，但它属于软体动物，而鱼属于脊椎动物，所以鲍鱼与鱼毫无关联，与鱼类根本不是一个家族。心里更觉十分有趣。有感而发，遂赋诗三首。

（一）

鲍鱼不是鱼，无鳞又无鳍。

名实不符事，自古不稀奇。

（二）

鲍鱼不是鱼，无鳞又无鳍。

貌丑营养高，低调可学习。

（三）

鲍鱼不是鱼，无鳞又无鳍。

同胞相拥暖，水凉亦何惧？

"塞翁"是什么样的人？

　　近塞上之人，有善术者，马无故亡而入胡。人皆吊之，其父曰："此何遽不为福乎？"居数月，其马将胡骏马而归。人皆贺之，其父曰："此何遽不为祸乎？"家富良马，其子好骑，堕而折其髀。人皆吊之，其父曰："此何遽不为福乎？"居一年，胡人大入塞，丁壮者引弦而战。近塞之人，死者十九。此独以跛之故，父子相保。

　　《塞翁失马》选自西汉淮南王刘安召集其门客集体编写的著作——《淮南子》。这则故事流传至今，已越两千多年。

　　在这则区区几百字的故事中，"塞翁"告诉了世人福祸相倚的深刻道理，教人们要学会用辩证和发展的眼光看待问题。可见，"塞翁"其实并不是真的"善术"（能预测吉凶），而是懂得辩证法。知道事物是相互联系的，也是不断发展变化的。这种通达的世界观让他成了一名不因小事而耿耿于怀的哲人。

另外，他还不以物质为念。"马无故亡而入胡。人皆吊之"，他却并没有因之而受什么影响。我想，这与他的世界观有关吧。

故事在"父子相保"中结束。而我还常常发痴人之想：在"胡人大入塞"国与家都危如累卵生死存亡之际，他们父子二人会有怎样的表现呢？

他们会不会对战火烧至家门的事实视而不见，毫无作为，苟且偷生，陷于庸常，只享受"引弦而战"的战士用生命和鲜血换来的和平生活，并以能"父子相保"而怀着小庆幸呢？

还是虽因年老与残疾不能"引弦而战"为国捐躯，但明白"皮之不存，毛将焉附"的道理，知道胡人一旦突破长城这一重要防线，完全可能长驱直入，迅速南侵，所以在家精饲良马，并把家中富有的良马送到离家不远的沙场，供将士们驱驰杀敌，把"国家兴亡，匹夫有责"付诸行动呢？

如是前者，那他就是一个自私自利的假哲人了。

我宁愿相信他是后者。只有这样，方不负其流传千年的智者美名。

既然是故事，"塞翁"就未必确有其人。让我们一起来感谢刘安和他的门客吧，是他们为后人留下了让人如此浮想联翩、收获智慧的好故事。

山东见闻录

前不久，我随旅游团到山东短暂旅行。沿途所见所闻，数日来一直盘旋于心，不能忘怀，故略记如下：

（一）负有盛名的蓬莱仙岛

蓬莱，因其罕见的海市蜃楼和独特的地理位置，一直被冠以"仙岛"美名。山东之行，一为看海；二是存着侥幸心理，希望能得遇海市蜃楼这一奇景。

在蓬莱，见到海的时候，正是阴天。海风裹挟着小雨，直往人的衣服里钻，让衣衫单薄的我们体味到了海风的清凉。不见海天相接，只见海涛汹涌、潮雾迷漫、灰蒙蒙一片。海鸥极少，共见两三只，在海的上空不避风雨地展翅翱翔。海市蜃楼无缘得见，在花三元钱购得一票后，从录像里看到了一位记者拍下的海市蜃楼景象，奇特而模糊。

登上一座似曾相识的高塔远眺，强劲的海风吹得人几乎不能开口说话。苍茫的海水使人顿觉天地辽阔、个人渺小。塔内修建的塑像，与他处的也很相像，几无特别之处，印象不深。

景区内卖葫芦工艺品的特别多，或硕大或小巧，花两元钱就可以在葫芦内刻上人的名字，祝福好人"一生平安"。

风卷海雾，不能乘船。真正的蓬莱岛并未去成。只不过在人工景区走马观花游览一番而已。出到入口处，即书有"八仙入海口"的门柱旁，拍照一张，以作纪念。

（二）雨中崂山

《青岛旅游图》资料显示：崂山古称牢山、劳山、鳌山，位于青岛市崂山区境内东南，黄海之滨，以独特的山海奇观闻名于世。主峰——巨峰海拔一千一百三十三米，整个山势东峻西坦，景区总面积四百四十六平方公里……《奇记》中亦有"泰山虽云高，不如东海崂"的记载。历代文人名士，如李白、苏东坡等都曾在此留下游踪。据《太清宫志》记载："自西汉上大夫张廉夫来崂山初建茅庵，道教在此得到传播，宋、元、明、清历代经世不衰，因此，崂山也成为道教名山。至今仍有二三十处保留比较完好的道观。崂山中有奇异的怪石、洞穴、清泉、瀑布，奇景异致令人目不暇接。环绕在崂山周围有许多小岛，长门岩岛上有 549 株山茶树，树龄在 200—700 年间。"

蒙蒙细雨中，车沿东海东路向东北方向行驶，山势渐陡，景色渐佳。隔车窗而望，路边奇树环绕，海滨怪石嶙峋，烟波浩渺。两只小船漂在海中，那么小巧，恰似一片片柳叶在海水中荡漾，真可谓是"一叶扁舟"。惟妙惟肖肃立的"石老人"；外形酷似青蛙、体长约数十米、蹲卧欲起状的"青蛙石"均为天成之作，让人感叹。到崂山脚下一较平坦处下车，迎面一巨大海螺形雕塑呈现眼前。雨时大时小，小时细如丝线，不必打伞；大时落在伞面上，啪啪作响。大家撑伞拾级而上。

雨中崂山，说不上名字的树木更加苍翠、洁净、一尘不染。山石多，生机盎然的小树小草挨挨挤挤地长满了石缝，愈加衬托出山石的奇与美。更奇妙的是，崂山可以时阴时晴，刚刚小雨飘零，几分钟后又艳阳高照；刚刚雾笼山顶，缥缥缈缈，还没举起相机，雾就消失得无影无踪，好像玩捉迷藏的人倏地躲了起来。再往上行，有一小桥，桥上有铁索，系着红飘带。站在桥上往左看，有一飞瀑从高崖处坠落，崖高水急。因刚下过雨，水流较大，但也不过两三米宽。据《崂山上清宫简介》中称：声若玉龙腾空，吼啸不息，名曰"龙吟"。但我未能深刻体味到"声若玉龙腾空，吼啸不息"，因为瀑布声并不大，这就是

"龙吟瀑"。继续上行，山势愈陡，奇石屹立，浓荫蔽日，清凉如秋夜，静谧似夜深。清泉潺潺流淌，翠竹松柏相依，蔚然可观。如无人同行，真觉其境过清，不敢久留。只觉那山、那水、那树、那草、那云才是崂山的主人，而游客不过是崂山请来凑热闹的客人。

再行数十米，在山势平坦之处，见一道观，挂一匾额，从右至左，书"上清宫"三个字。据《简介》中称："此观建于宋初，是宋太祖赵匡胤为华盖真人刘若拙建的道场，有前后两处院和东偏院。后院正殿祀玉皇，东侧殿祀三官，西侧殿祀七真。前院有两株银杏，老枝如虬，为崂山银杏之冠。"

跨过高高的门槛，进入干净整洁的前院。因与导游及众人失散，无人讲解，也未细看简介，故前院的"崂山银杏之冠"未能注意观看，不留印象。后院三殿排列整齐，院中设一香坛，香烟缭绕。我并非求神拜佛之人，然远路而来，也默默许下三愿：一愿国泰民安；二愿亲友平安康健；三愿阖家欢乐！

集合时间已到，匆匆下山，原路返回。天已放晴，雨水顺着石阶无声无息往下流淌。穿黑布鞋的挑山工三三两两地在路边歇息待客，三十元一位用竹轿抬人上山。自己心想：登山何须坐轿？坐轿何必登山？正想间，一顶竹轿悠悠上来，一肥胖男子仰坐其上，两名挑山工呼哧呼哧喘着粗气，从身边走过。一名挑山工还在解说着……

事实上，崂山上景点还有很多。如主峰——巨峰可"登望黄海"；太清宫——崂山规模最大的道场……因随团旅游，来去匆匆，走马观花，无缘得见，实为随团旅游之缺憾。

可见，非得有自由充足的时间，足够的精力与耐心，不能尽旅游之兴致。

（三）威海之行——观定远舰

在威海，我见到了以一比一的比例复原的定远舰模型。它也是我山东之行感受最深的地方。

在1894年至1895年甲午中日战争中，强大的清朝海军在威海全军覆没，定远舰正是当时清军旗舰。其舰身庞大，配备有多门火炮。虽为当时从国外购买，但以其作战实力来看，定远舰仍不能与日舰相比。因为，晚清政府时已腐败，许多军费被慈禧太后挪走去修建颐和园。而日本政府为装备海军，竟不惜截留海军官兵的薪水。当时，日军之野心与决心可见一斑。

更可恶的是，日军在炸沉定远舰之后，将舰上的舵轮、船桨等物竟然都运回日本，并将其改造（如将舵轮做成能旋转的圆桌），建造了一个陈列馆陈列至今，百余年来，一直向其后人夸耀当时的"赫赫战功"。殊不知，无论怎样，那场战争都是日本发起的侵略战争，是狼子野心、强盗行径，虽胜犹耻。

劫掠之后，日军对定远舰实施了第二次爆炸。清政府引为骄傲的铁甲舰船在自家的海港化为灰烬，成了华夏子孙的又一心痛，再一次辱没了华夏子孙的灵魂。

"舰在人在、舰没人亡"的誓言犹响耳边，众多清朝海军将士的奋勇身影犹在眼前。可惜无数将士的忠勇都奉献给了时已腐败且落后的朝廷。封建制度较资本主义制度的落后注定晚清朝廷的惨败。这种惨败，与其说是军队力量的悬殊，不如说是落后的农业文明败给了先进的工业文明。

民族要想不被动挨打，就必须强大。要强大，就必须培养有创新能力的人才，实施真正创新性的教育。

定远舰是一个活生生的实例，它提醒国人，要自立、自强！让觊觎中国的侵略图谋不能得逞。

国际竞争日趋激烈，军国主义并未完全消失，如同锋利剑刃悬在头顶上空，我们能不居安思危吗？

（四）威海之行——遇见樱花

人与人相遇，人与物相遇，其实都是缘分。

到目前为止，山东省是我出生地河北省之外到过次数最多的地方。这次威海之行，与观定远舰的那次威海之行已相隔十二年。前一次是与单位同事出游，那时儿子九岁。这次是因儿子在威海求学，故而前来。

我想有许多人像我一样，初次听说"威海"这个名字大概是由历史上那次屈辱而又见忠见义的威海卫战役开始的。在想象中，威海除了波涛汹涌的大海，就是游弋于海面的战舰。如今，历史的烟尘已经邈远，在威海的大街小巷间行走，感受最深的就是干净与安静。

作为旅游胜地，威海的雅洁既来自威海人的自觉保持和维护，也有风的功劳：四季常有、大大小小的风轻轻吹拂或疯狂卷过，地面与天空一样澄净如洗。

在威海，摩肩接踵的人流很少见。不拥挤的地方，从心理上感觉很舒适。拥挤的地方，常给人压迫感和局促感。人少车少，噪声自然也少。安静是威海的另一可爱之处。

想想吧，在这样干净又少嘈杂的所在，即使做一棵行道树，扎根大地，仰望蓝天，舒枝展叶，甚至开花结果，是不是也是一种幸福？

儿子行色匆匆地去上课或做实验去了。我漫步在他所求学的干净又安静的校园。依依杨柳风中摇曳，如锦繁花满树满枝，清澈湖水波澜不兴，碧绿睡莲叶大如碗，安然浮在水面，教学大楼巍峨矗立……这样美好的所在真让人心情安宁、愉悦！

一种与桃花大小相似的浅粉花，是我从未见过的，密密匝匝地堆在枝头，小而暗红的嫩叶反倒成了花的陪衬，似有似无。这是什么花呢？

忽然看见树干上悬着一块小小吊牌，吊牌上写有这样的文字："美人梅 科目：蔷薇科。属种：杏属。美人梅是一种以法国引进的落叶小乔木，由重瓣粉型梅花与红叶李杂交而成。叶片卵圆形，叶缘有细锯齿，叶被生有短柔毛；花呈紫红色、粉色、红色重瓣花，先叶后花，花瓣15—17枚，小瓣5—6枚，花梗1.5厘米，雄蕊多数，花期春季。"

世界上难道有丑陋的花吗？什么花儿不好看！不知道是谁给花起了这样一个让人浮想联翩的名字。

美人梅就美人梅吧。在花团簇簇前自拍一张，人面梅花相映红，感觉自己果然美了不少！

在花径里忙活的一位老人，边推着他的环卫车慢慢走过，边对我说："您要看花，右拐，再往前走，那边有大片大片的樱花，开得也很好看！"

樱花？难道就是鲁迅先生在《藤野先生》里提到的樱花？我从没有见过樱花，烂漫的樱花到底是什么样的，我想象不出来。

顺着小径往前走，远远地，看到一大片的花树，足有两人多高，粉红色的花儿大朵大朵层层叠叠、明媚娇艳、自由舒展、亲亲密密地怒放着！喜悦着！难道这就是樱花？

曾经在照片上见过大片的樱花林，为远景拍摄，一片浅粉迷蒙，不辨花朵。在我的想象中，一直觉得樱花是细碎小花，没想到，竟然是大朵簇拥，热热闹闹地开满了枝头！

人的所知所感实在如沧海一粟。照片有时也会让人误读啊。

在树干上悬挂的吊牌介绍："樱花　科目：蔷薇科。属种：樱属。樱花每枝3—5朵。呈伞状花序，花瓣先端缺刻，花色多为白色、粉红色。花常于3月与叶同放或叶后开花，随季节变化。樱花花色幽香艳丽，常用于园林观赏。樱花可分单瓣和复瓣两类，单瓣类能开花结果，复瓣类多半不结果。花期4月，果期5月。"

在花海间流连徘徊，我啧啧赞叹，不忍离去。

遇到胜景自然要留下纪念。在我给花儿和自己频频拍照时，一位六十岁左右的短发老人领着一个四五岁的小男孩从花间小径走过来。老人说："这么好看的花儿，咱们摘一朵！"小男孩坚决地说："不行！不能摘！"走了几步远，老人又说："这么好看的花儿，咱们就只摘一朵！"小男孩还是很坚决地说："不行！不能摘！"我不禁莞尔一笑。看着那个蹦蹦跳跳的小男孩，想着他竟然有那么严肃的回答，真是出人意料！这个不停地和孩子开玩笑的老人，真有福气，生了这样聪明的孩子！

没等我看清这可爱男孩的模样，他已经跑远了，隐在一片连翘花丛中。

这一树一树的樱花，盛放在如此干净、安静的城市；盛放在如此知识与修养兼备的地方；盛放在美人梅、龙柏、连翘、睡莲陪伴的地方；盛放在老年人散步、年轻人跑步、小儿蹒跚学步的地方，静静吐蕊，轻送花香，有人赏、有人护，多么幸福！

走出樱花林，进入主楼前的半环形回廊。回廊的墙面上张贴着许多图片。当我一张张仔细观看这些图片时，我渐渐了解了该校的历史沿革及相关成就。1954年，该校进入国家首批六所重点大学；1999年，首批进入"985工程"重点建设大学；2017年，入选国家"双一流"建设A类高校……

在这个学校里学习成长的许多人，为国家做出了杰出的贡献，如专家学者六百多人参与"神舟"系列飞船研制；设计世界最大单口径射电望远镜——FAST的骨骼……

真是了不起呀！在该校学习和工作，以及从该校走出去进入国家高科技建设领域里的人！正是因为他们和千千万万像他们一样的人的不懈努力，威海才不再是1894年甲午海战时那个被日本欺凌的威海，中国也不再是甲午海战时那个被日本欺凌的中国！

有了牢不可破的有形和无形的国防大门，樱花才能盛开得如此无忧无虑；孩子们才能在处处花园般美丽的林间小径上学步、玩耍；老人们才能如此安详地在樱花树下小椅上休憩、闲聊；湖水的粼粼碧波上，睡莲才能在灿烂阳光或晶莹月光下恬静地舒展……

十二年前，我在《威海之行——观定远舰》中曾发出这样的感慨：国际竞争日趋激烈，军国主义并未完全消失，如同锋利剑刃悬在头顶上空，我们能不居安思危吗？现在，看到这些照片，我更深刻地意识到：我们国家从来就没有忘记历史，也从来就没有停止过奋斗和崛起的脚步。

我也要像这些了不起的人一样，为让自己所热爱的土地上永远能杨柳依依、樱花阵阵，更安全、更美丽、更丰饶、更富有活力而贡献心力。哪怕微不足道，小如萤火，也决不妄自菲薄，因为，这是一种无上荣光的存在，高贵的存在。

我的眼前有大片花的影子在晃，也有许多人的影子在晃。在窗外呼呼的海风声中，我写下了以上文字。

僧官庄的困境与希望

层层梯田层层秀，树树杏花树树春。淳朴乡音土巷和，青山怀里鸡犬闻。

我不是诗人。

可是，当我们一行人在4月的一天穿过如云似海的杏花林，来到僧官庄这个百年老树掩映下的小村庄，听着村民浓浓的乡音，不由得心中就吟出这样的诗句来。

僧官庄是一个小村庄，隶属于河北省张家口市的怀安县。怀安县在晋、冀、蒙三省区的交界处，其辽阔地域素有"金三角"的美称。唐穆宗长庆二年，即公元822年，因取"朝廷施行仁政，百姓怀恩而安"之意，始称怀安县。

怀安县地势西高东低，属浅山丘陵区。它素有文化县之称，明清时进士、举人、生员达四百多人；围棋文化影响深广，是全国五个"围棋之乡"之一；怀安县的饮食文化精深广博，熏肉、豆腐皮、一窝丝饼并称"怀安三宝"，已入选《中国食材辞典》，享誉晋冀蒙和京津一带。

史料记载，约五百年前的明朝成化年间，僧官庄原名陈家窑。由于将村庄发展起来的陈氏没有子嗣，所以最终将田地房产都交与村中某寺庙，故称"僧管庄"，后又改称"僧官庄"。

乡村四月闲人少。在松软的田间地头到处都是忙着撒肥播种的人。细细看去，就会发现，他们几乎全是五六十岁的村民。农用三轮车停在田埂旁，村民手里使用的依然是铁锹，肩上挑着的依然是箩筐。无论何种时代，生产工具最能说明当地的生产力水平。我心想，什么时候这些在田间劳作的父老乡亲能使用上更为先进和高效的生产工具就好了。现在，许多先进的农业机械不能适用于小片土地、丘陵山地。真盼望能有更为小型化的先进农业机械来为农民服务，让他们不再如此辛苦而收入微薄。

据介绍，僧官庄盛产杏扁、水稻、小米等作物。尤其值得一提的是，清朝时石碾日产小米竟然高达两千余斤，真正是米粮谷囤。当地小米不仅产量大，品质还高。僧官庄的小米经小火熬煮，开锅即清香四逸，熬成后油皮透亮，入口绵甜软糯，食后清肠利水、解腻化食、补气养神，能令鸡皮翁妪鹤发童颜，能让襁褓婴儿一日一变，实实在在不仅是果腹之物，更是养生佳品。当地村干部正带领村民将加工好的小米进行独立真空包装，并尝试利用网络销售打开小米销路。

在几乎所有村民的家里，我们看见那些留守在家的老人，他们都把新中国成立以来国家领导人的照片按照时间顺序一张张地贴在墙上。老人们说，如今过上这样太平富足的生活，真是托国家领导人这些老人家的福呢。

"金丝鸟、金凤凰全飞走，就剩下黑老娃（乌鸦）夜壁虎（蝙蝠）。"虽然这是当地老百姓的一句玩笑话，但在一定程度上也确确实实说明了一些问题。随着城镇化的日益推进，大批年轻力壮的青壮年进城务工，学龄儿童进城上学，乡村空壳化，家庭空巢化，人口老龄化……僧官庄的困境也是实实在在的。

好在困难面前的僧官庄人，既不怨天尤人，也不消极坐等。他们因地制宜，利用当地丘陵山地，退耕还林，发展特色种植和养殖（政府扶持的柴鸡养殖已初具规模）。太阳能路灯照明，也在为美丽乡村的建设出力……

僧官庄保存完好的原生态地貌，如夯土墙、窑洞结构的住房和百余年前的老旧门楼，还有百余年前那树根盘曲的老树，都在以物质的形态述说着历史沧桑；而新建的广场和永安六十五万多字的网络小说《淌过岁月静静的河》又以文化的口吻笑谈着时代变迁。

一位下乡驻村的负责人对我说，他的孩子正在上小学，他多日吃住在村里。"我已经有好几个月没见到孩子了。"说这话的时候，我看到了这个顶天立地的大男人眼里的湿润。

僧官庄的困境是中国众多乡村的困境，僧官庄的希望也是中国大地上无数宁静和平的小村庄的希望。这希望源于生活在那片热土上的人民对家乡深沉不言的热爱；源于内心对土地的一片虔诚；源于对国家富民政策的信心；源于身边一心一意带着他们往前奔的那些领头人；甚至源于对国家领导人的虔敬拥戴……

当一方人护佑一方水土时，一方水土定然会养育一方人。

书房滋养人

小时家贫。爸、妈、弟、妹和我生活在两间很小的平房里。十岁之前，不曾拥有一本课外读物，哪怕是一本小人儿书，更谈不上拥有一间自己的书房了。

大学毕业之后，我参加工作，成了一名教师。在简陋的平房里住了将近十年。这期间，虽然开始买书，但也是零零星星，多是给孩子买的婴幼儿绘本。这些书随随便便放在床头或桌上，触手可及。

孩子上小学二年级时，我终于买上了楼房。一大一小两间卧室，一间客厅，其余一间，做了书房，那年我三十三岁。

书房的右角，靠墙立着书柜；书柜左边一溜桌子，靠近左墙角的桌面上，放着电脑。一开始是台式的，现已弃置不用。如今我每天使用的是一台联想牌的手提电脑。

桌子上方的墙上张贴着中国地图，对面的墙上张贴着世界地图。由于经常需要把稿子打印出来，加以修改，所以又买了一台激光打印机，放在电脑右边。再后来，又买了一组小型音响，放在电脑的左边。

对了，还有一把转椅，也需一提。

闲暇之时，我常常坐在椅子里静静地捧书而读，边读边做摘抄笔记；读报的时候，我常把自己喜欢的文章或摘抄，或用剪刀剪下粘贴在本子上。有些版面，比如《人民日报》的"人民论坛""大地"副刊，《中国教育报》的"中教评论"和家庭教育版，《张家口晚报》的美文版，都是我所喜欢的。我就把它们分门别类一期一期地整理好，过些时日，再翻看。有的文章，也带到教室里，让学生读给同学们听。那些摘抄的笔记或粘贴的文章，重读时更加深了理解，有些好像从来没见过，就像是别人摘抄或粘贴的一样，因为我忘记啦。

书中或报纸上的一些好的图片，比如同江中俄铁路大桥架起了"一带一路合作共赢"的通途啦，京新高速公路最后一公里沥青上面层铺设完成，从北京驾着汽车可直接开到新疆啦，福建泉州村民在屋顶上红红火火晒柿饼啦，等等，我也把照片要么剪下来珍藏了，要么拍上照片存在手机里。这些照片经常被我复制到PPT上，上课时放给学生们看。我要把我所了解到的祖国日新月异的变化展现给孩子们。

我家的书房与厨房只隔着两扇玻璃窗，推拉式的。一开始，我在厨房炒菜做饭时，生怕油烟跑到书房里，常关上这两扇窗户。后来，我觉得关来关去十分麻烦，索性就老开着，不管它了。有时，我在厨房做饭，擀面条、揉馒头、剥葱、切蒜，就把电脑和音响打开，播放着《秋日私语》《献给爱丽丝》等钢琴曲，或林海的《琵琶语》等古典风格乐曲。有时又播放一些电影插曲。孩子在书房看书或写作业的时候，我在厨房忙活，绿瓢的脆萝卜片、刚煮熟的红薯、刚熬好的绿豆汤什么的，都直接抄近道，从拉开的玻璃窗递给孩子，方便极啦。

孩子从小学到高中，我们经常一起在书房同读一本书或一篇文章，然后交流思想。无论是孩子的习作，还是我的文稿，我们常互相切磋，互挑毛病。小到标点符号，大到结构布局，我们都坦诚交流。许多时候，我和孩子都是对方的第一读者和直言不讳提意见的人。我的第一本家庭教育著作《怎样帮助孩子度过初中这三年》就是这样一点点地写出来并改出来的。孩子的感受和想法让我对初中生的思想把握得更清晰和准确。

孩子上高三那年，每周只有星期日下午休息。为了让他能好好地放松心情，我经常陪着孩子在电脑上观看电影或是拿着麦克风唱歌。所唱的自然是《巴黎夜雨》等年轻人喜欢唱的。我熟悉的那些老歌，孩子总说"这太'OUT'啦"。

我和孩子的文章一篇篇陆陆续续见诸报端的同时，孩子考上了自己心仪的大学。

每当电视新闻谈到一些国内外大事时，我就离开客厅到书房，站在中国地图或世界地图前，在密密麻麻的河流湖泊、高山峡谷、铁路公路等标注前，找寻新闻发生地。叙利亚撤侨啦，中国援助海地啦，杭州G20峰会啦，港珠澳大桥建设啦……有时我边看地图还要边讲给家人听："你看，杭州的这个纬度，气候适宜；距离上海非常近，交通便利……""你看，珠海、香港、澳门，它们多像一条项链上挨着的三颗珍珠呀……"

我读过的书都像好朋友一样，给了我精神上的滋养。

比如，兰宾汉的《标点符号用法手册》，就是给我的写作把关的好朋友。每遇标点符号拿不准的情况，就打开它的相关解释细细揣摩、品味，然后再确定下来。我希望，不惧烦琐的努力能让我的文稿从语言到思想都尽可能精致缜密，这是作为一名写作者的本分吧。唱响千年的神奇组合——《千字文》，是我写作的榜样，它让我时刻谨记，以文字为友的人，应该为子孙后代留下言简意丰的文化遗产，而不当垃圾文字的制造者；《季羡林美文60篇》让我懂得人活着要过简单而充实的生活；郑洪升老先生著的《郑老爷子大观园与郑渊洁家书》，为我树立了终身学习、与下一代携手同进步的好榜样；《梁启超家书》——无负今日的谆谆告诫，让我懂得怎样做个好家长；《窗边的小豆豆》让我懂得了教育实践必须真诚而感性，和谐坏境才能造就和谐的人，有好校长才有好学校，爱是最好的教育；毕淑敏散文选《我很重要》，让我深知自己的责任，要尽量活得有价值;《鲁迅杂文集》告诉我要直面人生、心怀善念;武向阳先生的《谈判兵法》让我明白了说话讲求技巧的重要性……

我生于农民家庭,文化起点很低,且天生愚钝,悟性不高。这些年来,多亏了我所读过的这些好书和好报,也多亏了我的这间小小的书房。它联通着我和外面的世界,也联通着我和我的家人与学生。它不仅直接滋养着我的精神,让我能淡泊从容,也间接地滋养着我的孩子和我的学生们。

文章馨陋室,书房滋养人。

诗情永不落

市文联的李老师在微信圈里发过来这样一句话和一首诗：按磊老师布置，呓言韦应物诗句。

我有一壶酒，足以慰浮尘。

孤眠梳朗月，独梦戏蛟龙。

绝顶凭霜苇，丹心任火焚。

但得金飙起，风云泣鬼神。

我看到后，以为是李老师遇见好诗转发给我品读欣赏，就细细地读了好几遍，回复道：

诗淡泊明志，极有气魄，非常好。意却稍觉孤独。我也胡诌一首，以博一笑：

美酒焉能独自饮，邀友月下共举樽。

佳肴铺陈觥筹错，间有高朋谈笑声。

清风朗日大乾坤，愿做排云一鲲鹏。

戏言李杜有幸在，不思归去把酒纵。

后来得知，原来微信圈里有一个链接，链接来自诗词吾爱网。有网友发微博称，自己非常喜欢唐朝诗人韦应物的诗《简卢陟》"可怜白雪曲，未遇知音人。恓惶戎旅下，蹉跎淮海滨。涧树含朝雨，山鸟哢（Lòng，鸟叫）余春。我有一瓢酒，可以慰风尘"中的最后一句。想续写两句，但恨才华不够，求助网友帮忙补写。李老师应朋友之邀，酒酣微醺，文思泉涌，遂赋诗如上。

在这瞬息万变的世界，一切事物都在发展变化着。能千年不死、千年不朽、千年之后仍永葆青春的，恐怕没有多少吧？我想，生活年代距今已千余年的韦应物做梦也不会想到，千余年后的许多后人依然在认真地、随性地吟咏着他的诗，和着他的诗，和的诗还有人在和着。

他更想不到，中央电视台的《诗词大会》亿人关注、千万人参与如火如荼；博学广才深入研究诗词的学者，正利用迅捷的媒体千方百计地推动着诗歌的发展进步；家家户户牙牙学语和青春活泼的孩子们都在学唱和吟诵着诗歌，有的年轻人竟能背诵诗歌万余首，让人惊诧叹服……真可谓：诗心一颗颗，文脉昌，永不绝！如果他能穿越时空，一定会无限欣慰，禁不住啧啧慨叹：

"幸甚至哉！文化越千年，诗情永不落！"

高雅的乐曲，可惜遇不到听得懂的知音。在旅途中忙碌地行进，在淮水入海的地方虚度着光阴。山涧上的树还沾着早晨时的雨露，残留的春色里还有山野的鸟在鸣叫。我这里有一瓢酒，可以安抚旅途的劳顿。

岁月静好

当小草偷偷地从土里钻出来，笑眯眯地和给它温暖的阳光打招呼时，春天就踏着轻盈的脚步来了；

当毛茸茸的小青杏把自己头顶的花瓣推得落下树来，自己却一天天长大的时候，夏天就如约而至了；

当辛勤的老农站在田垄边，用粗糙的大手抚摸那瓷实如锤又俊俏青翠的苞米时，秋天就来和我们约会了；

当小朋友们戴上暖和的护耳帽时，冬天就来拜访我们了。

岁月的河流奔腾不息，流过春、淌过夏、穿过秋冬。我们在那河流上，撑着一叶扁舟，走过四季。岁月如此静好，怎能不令人爱如珍宝？

让我们一起为和平安宁的幸福祈祷！

糖炒栗子

    1971年，我出生在河北省张家口市宣化区一个不大的自然村。小时候的粗茶淡饭一点儿印象也没给我留下。因为，除了如小米粥、玉米窝头、熬白菜土豆之类的家常饭菜，几乎没有什么其他吃的。

    第一次看见栗子，是在宣化城的一个菜食店。那时，所有大小商店都是国营的。那个小店临街，铺面也不大，白粉墙，水泥地面，靠墙摆起的一溜溜货架上，放着许多网眼塑料筐，里边搁着白菜、青菜之类的东西。

    就在我眼睛扫过这些常见的蔬菜的时候，我突然看到了自己从没见过的栗子！

    "妈，那圆溜溜的东西是什么？"我指着那些栗子问。

    "栗子。"

    "我从来没吃过，咱们买点儿。"我说。

    "太贵了。"

    "两块五一斤，咱们少买点儿，我尝尝就行。"我那时视力极好，标签上的价格看得十分清楚。

"没啥吃头。剥了外边的壳儿，和红薯味儿差不多。"

过去，我的家乡种植红薯，红薯的味道我十分熟悉。

"怎么会和红薯差不多？栗子是栗子，红薯是红薯。"我不高兴了，站在栗子筐面前不动。那意思就是，我妈要是不给我买，我就不走。

记不得我妈又说了什么，或者没说什么，反正我是不情愿地站在菜食店门口的马路上了。

"妈，我又不是让你买很多。买二两才五毛钱嘛，我就是想尝尝它是什么味儿。"我仍然不死心，继续央求着。

"给孩子买点儿吧，咱们进趟城也不容易。"和我们一起进城的本家奶奶说。

无钱不逛街。

虽然宣化城距离我们村不过八九里地，但交通不便，家里又没有闲钱，所以，我十多岁时，去宣化城也就几次，去宣化好像比现在去趟北京还难。

记忆中，我妈总算是给我买了十几颗。顺着裂开嘴儿的地方剥了外边硬而脆的栗色外壳，我吃到了人生中第一枚黄而甜的栗子！嚼了又嚼，品了又品，味道果然和我妈用铁锅焖的白瓤红薯差不多！

我那次和妈妈一起逛宣化城，估计也就七八岁的样子。现在想想，那时的自己多么不懂事。为了一口吃的，让妈妈那么为难。现在，栗子成熟和上市的秋冬季节，每当看到大铁桶里与黑砂石一起不停打滚翻炒的栗子，就想起我小时候和妈妈"谈判"买栗子的一幕。不过，现在，我再也不用纠结什么了，总是想吃就买。有时买了一斤栗子，过了好几天还没吃完。

自己当了妈妈以后，只要看见市场上有孩子没有吃过的水果或点心，不需孩子开口，我就会问他："这种东西咱们没吃过，你想尝尝吗？"如果想尝，必然买一点儿，即便价钱比较高。最近几年，我们买了红毛丹、蛇皮果、天竺子、龙葵、凉薯等原来市场上从没见过的水果。每次尝新的时候，我和孩子都要上网搜索一下有关词条，看看解释，然后再吃。这个过程充满了一种对事物由不了解到了解的快乐。

除此之外，我还有一种考虑，那就是，不想让孩子像童年的我那样，好奇心在金钱面前纠结不已。从我自身的经历来看，这种纠结会深深刻印在人的记忆里。而且这种贫穷的印记极容易让孩子产生自卑心理，这种心理产生得越早，越强烈，越让孩子不自信，越让孩子缺乏安全感。

这难道不是对人生的一种消极影响？

这是我年过不惑，接近知天命之年才渐渐悟出的道理。

温馨提示多　百姓更方便

出门办事，只要不太远，能不开车尽量不开车。这不仅响应了国家低碳生活的号召，还省心、省力、省钱。

有一天，在公交站等车，等了好长时间，别的公交车都过去好几辆了，自己要乘的公交车还没来。亏得有人提醒说，某某街正在施工，公交车改道，早绕别处走了。没办法，只好改乘别的车。

又有一次，陪亲戚去某医院看病。医院已基本实现无纸化办公，排队、叫号，处处有电子屏幕显示和声音提示。既节约纸张，又防止插队，秩序井然。

检验室的工作人员用眼瞟着对面不远处的柜台说，"一个小时以后在对面取结果"。我们就耐心地等着，一直不见结果出来。我们以为检验的人太多，结果还没出来，就又耐心等候。实在等不及了，我就又去检验窗口询问。工作人员说，检验结果不在对面的柜台上，把挂号单上的条形码在对面机器上的小口处扫描一下，检验结果就出来了。

按照所说一操作，检验单果然一点点地打印了出来。

前几天，有亲戚在聊天中对我说，她去办理房产过户手续时，多个部门的办事窗口都在同一所办公楼里，按说，十分方便。不过，她去了好几趟才办成。问她原因，她说，办手续的人很多，等排到窗口了，人家说她手续没带全。第二次赶早去，一开门她就进去了，人家又说，身份证的双面信息必须印在一张A4纸上，印在两张纸上不行。等重印了身份证，回来又排队。看看快排到了，自己赶着接孩子又等不及了。不得不第三次再去。

仔细想想，现在各行各业的服务水平和服务能力都有极大提高，给老百姓提供了非常快捷和优质的服务。但在一些环节上，如果再细致一些就更好了。类似公交车改道、医院取检验结果用了新手段、办手续需要带的相关手续（包括身份证双面信息印在同一张A4纸上）等看似鸡毛蒜皮的小事，以温馨提示的方式予以公示，会让百姓一目了然，省去很多麻烦，少走很多弯路，节约很多时间。

我们常说，遇事要换位思考。老百姓常说，遇事要打个颠倒。如果人人都能多为他人考虑一层，不知道事情要好办多少。

文章馨陋室，其人乐以忘忧

我十分庆幸自己有好读书和读好书的习惯，这个习惯让我受益终生。

我是农家的女儿，十多岁时才读到了人生中的第一本课外读物。1990年，我高考落榜，心里难过。那时，我的父母在宣化县洋河湖养鱼，条件非常艰苦。我觉得愧对他们，内心伤感不敢在父母面前流露，常避开他们独自坐在那间六七平方米的小屋后对月伤怀。

后来，我有幸借到一本好书，书名好像是《二十世纪优秀散文选》，我一读，就不忍释卷了。我现在依然记得自己披着棉大衣，用棉被盖着腿，在微弱的灯光下（当时，洋河湖还没有竖杆拉电），琅琅地读书给父母听的情景："那里的风，差不多日日有的，呼呼作响，好像虎吼。屋宇虽系新建，构造却极粗陋……"（近代教育家夏丏尊先生的《白马湖之冬》）我对父母说："看呀，人家写得真好，这不就是咱们过的生活吗？不过，洋河湖的风可比白马湖的风厉害多了。我以后要是能把这段生活写下来，就取名叫《洋河湖之冬》。"这话让劳累了一天的父母呵呵地笑出了声……《二十世纪优秀散文选》让我心胸渐渐豁朗，伤感逐渐淡去。"读书馨陋室，其人乐以忘忧"成了我生活的真实写照。

复读一年后，我考上了张家口师范专科学校。为了能早早借上好书，我常常站在图书馆门口，等着老师开门。也是在那时，我开始写作，不断将所思所感用笨拙的笔记录下来。

工作后，我边教书，边读书，边写作。虽身居陋室，但内心充实快乐。2009年，我开始了《怎样帮助孩子度过初中这三年》的写作。为了写好它，我阅读了大量书籍。鲁迅先生的《朝花夕拾》、毕淑敏的《自选精品集·散文卷》、奚椿年先生的《书香小品》等都给了我很多启示。书成之后，我一遍又一遍地增删修改。由于水平有限，有些标点符号拿不准，我就跑去书店买了《标点符号用法手册》，细细揣摩。这些努力让这部书稿从语言表达到思想内容都一点点地精致完善起来。

2005年5月，书稿发到言实出版社的第三天，我去北京签了出版协议。

回想写作的这二十多年，真是跌跌撞撞。每当灰心失望想要退缩时，我就想起所读过的书中那些直面人生困境的人物："文革"中备受煎熬仍坚持研究学问的沈从文老先生；走在人生边上年逾百岁仍不辍写作的杨绛老人；还有许多像他们一样锲而不舍做着有益的事却生活简单、乐对困难的人。我似乎听见他们对我说："山重水复疑无路，柳暗花明又一村。"内心汲取了无限的精神力量，脚步就迈得更加坚实稳定了。

有人说："书犹药也，善读者可医愚。"仔细想来，这话确有道理。每本好书的背后，都站着一位豁达、淡泊或无畏的人。读好书就是与这些充满人生智慧的人交流。它帮助我们看清自己、看清世界，不贪、不腐、不愚、不妄，不是真的忘记，而是更有能力去超越忧愁困苦，从而更好地活成真正的自己，并且干净、坚强。

如果没有好书一路默默相伴，我这个十多岁才开始读到第一本课外书的农家女子，是无论如何不可能走上写作这条道路的。

我想，好的阅读定能升华思想，提升境界，从而改变人生。

我们是两只"啄木鸟"

常觉自己是一位欣慰的母亲。因为我与孩子能有默契的精神交流。

作为文学中年，闲暇时，我喜欢"奋笔疾书"。孩子与我朝夕相处，自然就成了第一读者。他也是毫不留情给我文章挑毛病、提建议的人。比如：我在一篇名为《惑》的小说中讲到一位遭遇背叛而最终堕落的母亲——胖嫂，在寒冷的夜里找到她逃学的儿子，让他回家。文章这样写道：

没想到儿子居然冷冷地对她说："那是家吗？……没有尊严地活着，你就不觉得耻辱？"……消失在了茫茫夜色中，只留下胖嫂怔怔地定在冷风里。

原来我写的是"只留下胖嫂怔怔地站在冷风里"。孩子建议我把"站"字换成"定"字。他说"定"字能更好地体现胖嫂那种痛彻心扉的绝望、难过、孤独、无奈和懊悔。而"站"字，在表达效果上要逊色得多。我听从了他的好建议。

同样，我也很乐意为孩子的文章咬文嚼字。比如，他在高二时写了一篇名为《有德流芳，无德遗臭》的文章，我就这样细细地帮他修改：

......

邵逸夫先生斥（捐）巨资建设六千多座学校（教学楼），用双手撑起数万孩子的未来。他的心中是对教育的重视，是对国家前途的殷切关注。数百逸夫小学见证了其大德，他也必将彪炳史册。一位（删）（林俊德）院士同样以大德为世人所敬仰。院士（删?）（他）在垂危之际仍不忘国家，在医院中不顾医生的劝阻，用尽最后的心血完成对国防科技和武器装备发展的建言献策，（正是）缘于心系祖国，因而无所畏惧。他说"我现在需要的只是时间"。这是一位多么可爱的老人啊，他用碧血丹心诠释了赤诚爱国热情。胡杨林千年不倒，必将有越来越多的中华儿女（承）接起他们未完成（竟）的事业，他们，（都）未曾倒下。（也将永远屹立在人民心中！）

可也有与他们形成鲜明对比的无德之人。......

某某高官落马了，不是因为其才能不够，才能不够怎能到（身居）如此高位？只是源于其德行浅薄，没有守住道德的底线。人道：君子爱财，取之有道。……

正如射手造箭，倘若箭杆不直，其他方面就是再完美无缺，也难以一矢中的。奚如做人，破碎的道德修养将如何撑起华丽的野心（奏响华美的人生乐章）呢？无德者，终将遗臭万年。（此处比喻十分精妙！）

张载讲：为天地立心，为生民立命，为往圣继绝学，为万世开太平。（如若此），但（请）谨记：立德为先。

修改后文段如下：

邵逸夫先生捐巨资建设六千多座教学楼，用双手撑起数万孩子的未来。他的心中是对教育的重视，是对国家前途的殷切关注。数百逸夫小学见证了其大德，他也必将彪炳史册。林俊德院士同样以大德为世人所敬仰。他在垂危之际仍不忘国家，在医院中不顾医生的劝阻，用尽最后的心血完成对国防科技和武器装备发展的建言献策。正是缘于心系祖国，因而无所畏惧。他说"我现在需要的只是时间"。这是一位多么可爱的老人啊，他用碧血丹心诠释了赤诚爱国热情。胡杨林千年不倒，必将有越来越多的中华儿女承接起他们未竟的事业，他们，都未曾倒下，也将永远屹立在人民心中！

可也有与他们形成鲜明对比的无德之人。……某某高官落马了，不是因为其才能不够，才能不够怎能身居如此高位？只是源于其德行浅薄，没有守住道德的底线。人道：君子爱财，取之有道。……

正如射手造箭，倘若箭杆不直，其他方面就是再完美无缺，也难以一矢中的。羿如做人，破碎的道德修养将如何奏响华美的人生乐章呢？无德者，终将遗臭万年。

张载讲：为天地立心，为生民立命，为往圣继绝学，为万世开太平。如若此，请谨记：立德为先。

很显然，经过如此这般字斟句酌，无论是标点符号的位置和运用，还是字、词、句的选择和调整，都使表达更加准确到位，效果也随之增强。当然，我这只尽职尽责的啄木鸟在捉了很多"小虫"之后，也决不会忘记给孩子鼓劲加油。不信，您看我的文后批语：

好儿子，你太棒了，老妈佩服你，为你骄傲！文章虎头虎尾，通篇对比，组团论证，透彻到位。文采斐然！立意高，结构巧，关注人生，关注社会。其他细枝末节处稍加注意即可。

老妈的意见仅供参考。加油！

请您别笑我把孩子的文章夸得像花儿一样，每每看到孩子的进步，我是由衷地喜悦啊。

每个汉字都有其独特的声韵和意蕴，就像一颗颗莹润的天然珍珠，闪烁着独一无二不可随意替代的光辉。标点符号则像连缀珍珠的丝线，连缀次序的不同构成了千变万化的文字世界。细品，方知其博大精深。结构谋篇，选词炼句，不仅使文章更凝练，更是对文化的一种美的追求和传承。这种追求和传承无疑是有积极意义的。

能与孩子携手同行，在广阔的文学天地里，互做咬文嚼字的"啄木鸟"，互勉互励，共同提升文学素养，真是人生一大乐事呢。

我与洋河

　　说到洋河，不能不先说到庐山渠。这条修建于20世纪50年代的大渠，在我们村南通过，横贯东西。前些年，这条大渠引来的滔滔洋河水像赶集似的匆匆流过，通过闸口哗哗地奔泻到沟渠里，然后又淙淙地漫过大片大片的土地，让田地里那些郁郁葱葱的作物更加青春与舒展，连空气都变得更加清甜了。这样清甜的空气，许多人活了一辈子都可能无缘享受呢。

　　洋河水养育着我和我家乡的人民。可以说，出生在河北省宣化县洋河南镇的我，实实在在就是洋河儿女。但当时只见洋河水不见洋河的我，对洋河一点儿也不了解，一如我小时吮吸着母亲甜甜的乳汁，受着乳汁充足养分的滋养，却一点儿也不能真正了解母亲一样。

　　长大后，我到宣化县一中（当时称沙岭子中学）读高中。来来往往都要从连接宣化县和宣化区的洋河大桥上通过。那时交通不是特别发达，只有4路公交车从宣化火车站开往洋河南镇的方向。路途不算太远，等车的时间却比较长。我等不及，同时也为了省钱，就常常步行从洋河桥上走过。无数次驻足于桥上，轻抚那饱经沧桑、静默无语的冰凉石栏，极目远眺，洋河宽阔和缓或细流涓涓地穿过平坦河床上长满的萋萋绿草，像一条白练，在阳光下闪亮。

我常想，这条常年不急不躁的河，从哪里从容地走来，又从容地到哪里去了呢？

真正与洋河朝夕相伴，是在20世纪90年代。那时，我的许多同学都上了大学，而我高考落榜。为了能有地方读书，我四处奔走。但举目四望，一片茫然。

在东奔西突中，我自觉自尊心受到了伤害，自信心也在不知不觉地消失，唯独迅猛生长出来的是不屈不挠的意志。在那些日子里，我看人看物开始从多角度审视。学生时代，大部分时间在学校度过，时间长了，觉得有知识的人做事掩饰得更漂亮，欺骗人也欺骗得更冠冕堂皇。所以，滋长了不愿与"文化人"打交道的心理。事实上，一个人心灵的美丑与知识的多少又有什么必然联系呢？现在想来，那时的我看问题实在是太偏激了，真正是"一叶障目，不见泰山"。实际上，我当时确实是太不谙人情世故了。我多么希望人们都多一些真诚与友善，少一些虚伪与狡诈，彼此传递一些温暖。

总算有地方（现在的宣化县二中）收留我读书了，我悬在半空的心才落到了实处。这期间，有几位至今不知道姓名的人，曾以友善的微笑、温和的话语，使我因挫败而变得极其敏感的心感受到人性光华带来的温馨。

那年，我的父母在离家十余里的洋河边上承包了一方约六亩大的鱼塘，其位置在今宣化县洋河南镇中心的西北角。洋河之水在地势低洼处停留而形成一片广阔水域。当地政府派人掘土为池、筑堤为堰，从而形成了一个个大小不一的鱼塘。当地百姓称这片开阔水域为"洋河湖"。

洋河湖长堤纵横、沟汊交错，碧波荡漾的池水就像一面面镜子镶嵌在长堤做成的框子里。日月流连、云影飘移、鸟雀飞翔、草树婆娑。实可谓"水光潋滟晴方好""天光云影共徘徊"，湖水将它所映照的景象变成了虚实相映的两个世界。

长堤之上，一排排树木、一片片青草生机勃勃。它们将长天与碧波巧妙地连接起来，不让环境给人空旷寂寥之感。在天底下静立的稀稀落落的简陋房舍，一定会在晨昏之时升腾起袅袅炊烟。那里很少有机器轰鸣的嘈杂，却常有鸡鸣犬吠打破寂静。

养鱼活儿很多也很累。所以，在复读的学校住了一个月之后，我就搬到洋河湖，和父母住在一起。虽然我不能帮他们干多少体力活，但至少可以给父母做个帮手。现在想想，那真是一个上乘的选择。

洋河湖离学校约四五里。我晨起伴着东升的旭日跑步去上学，傍晚披着落日的余晖而归家。一天又一天，直到高考结束。

我们在洋河湖的那间小屋，六七平方米，坐落在池塘的堤上。窗前是波光粼粼的池水，大块的玻璃嵌在窄窄的木窗棂上。将小门打开，午后的阳光就倏地爬上北墙，屋里满满的，全是阳光。

夏天的洋河湖万物葱茏、欣欣向荣。水中，青草、鲢、鳙、鲤、鲫、虾、蛤蟆、蝌蚪、小青蛙，个个活跃；水上，浮萍、蒲草和芦花，枝枝竞绿；堤上，白鸡、黑狗和灰鸭，个个悠闲；青椒、红柿、大冬瓜、绿葱、紫茄、翠豆荚，亦果亦花。风吹草动蚱蜢飞，一飞一片；振翅奋起追蚱蜢，雄鸡不舍；池中，鱼虾腾跃，渔人挥汗来打鱼；家中，老人端坐、猫咪打盹，农家炕头淳朴方言话桑麻……

学习之余，我常在窗前的堤上，席地而坐，看鸟儿在天空翱翔，看鱼儿在水中拖曳着水草飞一样地游过来游过去，也看那红彤彤的朝阳或落日在树梢间悬挂。

冬天，洋河湖旷野的风特别猛、特别尖厉。枯草在风中瑟缩，小屋也在风中瑟缩。风从墙缝中钻进来，调皮地跟那盏豆大的灯火做游戏，那微弱的灯光越发摇摇曳曳地跳起舞来。灯下读书的我，在重重包裹中安下身来，默诵或证题。有时，觉得所读的文章实在妙不可言，就为我的父母朗诵一段。我激情充沛、抑扬顿挫，不一会儿，就有父母或粗重或轻微的鼾声来"伴奏"了。

有时，我和父亲盘腿坐在热乎乎的土炕上，摆上棋盘，来上几个回合。当然不以"成败论英雄"，况且又总是输赢不定，全看当时谁发挥出色。

成败不定，下棋如世事。

事情除非亲身经历，否则真味难以体会。鱼肉好吃鱼难养。且不说定时定量撒食喂草，单是鱼病防治就很费人精神。如遇天干水热，氧气不足，鱼儿就会挤在水面上大张着口抢着呼吸空气（又称浮头）。若措施不力，那损失可就无法估计了，而这损失又往往发生在很短的时间之内，让人措手不及。所以，养鱼人家不仅"天天防盗、夜夜防贼"，还经常提心吊胆。

看着父母坦然地面对艰辛和劳累的生活，我于无形之中也受到了影响。想世上是有许多困难，但在困难面前，不应畏缩不前，愁容满面，而应正视它，选择最上乘的方法去克服它。所以我不再迎风洒泪，对月长叹。满怀的思绪和无以言表的感受全都托付给了洋河湖的清风明月、红日青山。洋河湖的宽阔使我心情舒畅，宁静使我心气平和，静默使我变浮躁为沉静，大度使我学会宽容和谅解。它就像多年老友，默默陪伴就是心灵的抚慰疗伤。我渐渐忘掉了那些极琐碎、极无聊却扰得我心不能安的事情。

是洋河水，用它浇灌出的粮食、育肥的鱼儿养育了我；是洋河水，抚慰了我的精神，在我最困顿迷惘的时候赐予了我无穷的力量！

一年后，我上了大学，圆了读书梦，也慰了父母心，苦尽甘来。

弹指一挥间，二十多年过去了，我敏感脆弱不谙世事的青年时代一如当年的洋河水，已悄然远去。而洋河湖边沉郁的思索与微茫的希望，沉重负累下默然奋起的岁月，却使我难以忘怀。

如今，二百一十五万多像我的父辈和我一样的洋河儿女，正精心规划和建设着这条母亲河。我看见，从山西省阳高县和内蒙古自治区兴和县一路浅唱低吟走来的南洋河、西洋河，与河北省尚义县的东洋河一起，在河北省怀安县的辽阔原野上，美丽邂逅，和谐共融，汇成洋河，自由欢快地流淌。它轻轻悄悄地注入明湖，丰盈着它，让明湖像一颗透明流动的宝石镶在塞外山城张家口的群山之间，让山城因了它的存在充满了灵性与秀美。彩虹桥飞架湖上，大桥的优美造型与洁白如雪的云朵一起把亮丽的影子投在湖波之上；湖边，白色风车在蓝得像天湖一样的碧空下，高高耸立，优雅旋转……这样的美景是洋河滨河路工程的杰作。洋河滨河路工程起点位于国道207线新的洋河大桥处，沿洋河两岸布设，途经万全县、怀安县、高新区、宣化区、宣化县，终点位于宣大高速公路桥处，路线全长七十四点九公里。

洋河流经怀安县、万全县（洋河是怀安县与万全县的界河，洋河南岸是怀安县，洋河北岸是万全县）、张家口市区、宣化、涿鹿等地，滋润着三百三十一万亩耕地，像一条流动不息的血脉，为沿岸人民贡献着自己无尽的热情与力量。在它宽阔的胸怀里，翠如美玉的葡萄香飘万里；黄灿灿的玉米堆满农家小院，让农人喜笑颜开；牛羊成群，咩咩哞哞高一声低一声地互诉衷肠；稻谷笑得腰都弯了，似在向洋河鞠躬表达谢意……洋河两岸的人民都像我一样，早已摆脱贫困，过上了富足的生活。数不清的私家小轿车飞驰在洋河岸边彩灯绚丽如画的大道上，高铁的桥墩已然一字排开，弯着优美的弧线，矗立在洋河河床上。洋河尽了自己的职责，满怀欣慰地在怀来县朱官屯与桑干河携手并肩涌入永定河，欣欣然融汇于北京的重要战略水源地之一——官厅水库。

洋河默默地养育着它的儿女，做着重大的贡献，却从不张扬。它是无私、低调的，也是温柔、平和的。一如当地勤劳朴实的人民。

现在的我，已经了解了洋河。不仅清晰地知道了它从哪里一路迤逦、从容不迫地走来，而且也深深懂得了它默默奉献、无怨无悔的一路坚韧跋涉，一如我真正了解了我坚强宽厚的母亲。

我的愿望

　　这几天晚上我连续做了一些离奇的梦，都是自己从未想过的事情。可能与我换了居住环境，不喜欢乘坐电梯有关（我租住的房子在十楼，每天需要乘坐电梯上下）。

　　在电梯那个极封闭的小空间里，想象着它像个小笼子一样，垂直地在十几层高楼中间上下穿行，而我就在这个小笼子里，心里总觉不踏实。

　　我天生胆小，双脚踏在结实的土地上，才觉得安心。所以，不喜欢坐飞机，至今也没摸过汽车的方向盘，也不打算学习开车。想想开着车到处找停车位，自己先就烦了。

　　一直希望自己有个小院。院子是篱笆围成的，篱笆上自由自在的喇叭花尽可以随心所欲地开放。当然，倭瓜花要是愿意的话，也可以和喇叭花做邻居。秋天时，花儿变魔术一般变成了胖墩墩、可爱无比的大倭瓜，垂挂在篱笆上，我也会天天去看望它。我要是对它爱理不理的，它怎么会长大呢？

没有爱的陪伴，任何生命都会失去一大半的可爱呢。

我还想在篱笆旁、墙角处，栽上几棵树。是那种能经得住烈日暴晒，也经得住严寒逼迫的树。还要是那种春夏堆堆叠叠开满了花，夏秋叮叮当当结满了果子的树，比如桃树、杏树、梨树、海棠树……随便一种树吧。在它浓荫如伞的树下，放个石桌，圆的方的都可以，只要光滑、结实，雨淋雪落轻轻拂拭就干净的那种。石桌旁自然有四五个小凳环绕着，必须是木质的，以免秋冬季坐上去凉人。我坐在凳上，静读、写作、择菜、喝茶、聊天……或者干脆什么也不干，就坐看云起云落，坐看鸟儿漫无目的地闲飞闲聊，坐看喇叭花自开自美。

院子的另一角，养两只鸡。只要两只。它们结伴生活，轮流下蛋。即使下蛋后免不了大声"咯咯嗒咯咯嗒"地报告，也是我喜欢听的声音。鸡养太多了就不免太吵太味儿了。

隔着树不远，我还要开辟一小块菜园，种一些长得快、周期短、能拔了再种长了再长的菜，比如香菜、菠菜、韭菜之类的。这样我不仅在很多日子都有无公害绿色蔬菜养着我的胃，还总有绿色养着我的眼。当然，我丝毫不担心它们长得过于茂盛，因为不是还有两只鸡吗？我想，它们会与我一样，天生喜欢绿色食品。

至于谁和我一起在这个开满倭瓜花的小院里割韭菜、捡鸡蛋，看着星星聊天，一定是我喜欢和亲密的人，无论是朋友还是家人，志趣不相投的，就免了吧。

看见了吧？生于乡土、长于乡土的我，在城市生活了近三十年，依然对乡村生活念念不忘并充满向往。虽然我一点儿也不排斥高楼大厦、汽车空调、智能手机，只是这些都不能让我更贴近土地，不能让我更看清自己生命的本质。

我的这个愿望看起来微不足道，实际上并不容易实现。在城镇化快速推进的时代，许多像石头一样自由散落在大地上的乡村，正在从人们的视野中消失，留存在人们的记忆里。而没有消失的村落，由于人们期待着用自己生活了一辈子的院落可能换来的大量金钱，正想方设法地房前加房，房后垒墙，让那些宽阔了许多岁月的村落，一点点地，像城市一样拥挤起来。毫无必要的房屋建筑正堂堂皇皇地遮挡着人的视野，挤压着人的心胸。这样的乡村已失去了以往无拘无束的魅力，不是我所想要的。

我所想要的小院一定是坐落在足够的绿地上面。邻居们也要有足够的距离。最起码不要像城里这样，你打个电话楼下的人都听得一清二楚。我也希望我的邻居是那种爱花爱草爱树也爱读书的人。

我希望在这样的小院里，无忧无惧，内心安静沉稳，张弛有度，不过度消耗自己的体力和脑力，也不被外物所役使。有理性、有情怀，质朴、谦和地活着。然后能对别人说，瞧！朋友！我就是过着这样微不足道的简单生活！

我的学生时代

一、小学时代

(1977年9月—1983年6月)

1. 四位老师

我1971年出生，七岁半时才开始入学。

我上小学之前，像那个时代大多数的农家孩子一样，没上过什么学前班。所以，我的学生时代是从踏入小学校门的那一刻算起的。

我上的小学，是村办小学。全校学生也就四五十人。老师好像也就四位。

一位老师姓顾，一位老师与我同姓，姓曹。另外两位老师，是我的舅爷和舅奶奶。

顾老师与我父亲同龄。我刚上小学时，顾老师也就刚三十出头。他是我一生中，第一位教我要爱"家人以外的人"的人。这一点让我受益终生，我在拙作《怎样帮助孩

180

子度过初中这三年》中提到过。

顾老师的儿子也在我们班上课。他患有一种疾病，身体比同龄的正常孩子瘦小很多。他听课时坐在第一排，每次上课都需要顾老师或者同学们把他抱到板凳上。记忆中，他好像能与同学们正常交流。我由于当时年龄太小，不懂事，还注意力分散，并没有怎么留意这件事情，也没怎么关心和帮助过顾老师患病的儿子。

现在回想起来，顾老师当时心里一定充满焦虑和痛苦。也许因为我们年龄太小，顾老师从没有在我们面前慨叹过人生艰难。后来，顾老师的儿子早早夭折了。

前几年，我去看望顾老师，他已年过七旬，但身体仍很康健。顾老师骑着电动自行车去宣化大新门车站站牌处接的我。我坐在电动车的后座上，心里想的还是四十年前我上小学时顾老师的样子。宣化古老的城墙从身边飞驰而过。四十年的光阴也像这城墙一样，从身边飞驰而过了。

四十年的时光里，发生了太多琐碎无聊或开心快乐，或痛苦无奈的事情。如果没有文字记载，不都像雨滴溅落地上一样，瞬间消失吗？

曹老师是我的远房本家。那时，曹老师很年轻。可能曹老师教我的时间比较短，给我留下的印象不是特别深刻。只有一件事情，值得一提。

那时，农村还没有实行联产承包责任制。每家每户分属于不同的生产小队，各个小队又组成生产大队。所以，那时，属于集体的每一块土地上，长着的每一株庄稼也都是集体的。

我记不清是几年级，大约是三年级吧。有一天，一位同学对我说，村南西瓜地里，满地的大西瓜都熟了，中午看瓜的老人肯定歇晌，咱们悄悄去摘个瓜吃吧。

我那时虽然很小，但基本的是非判断还是有的。我知道，偷摘队里的西瓜肯定不对，我也知道每一颗西瓜都是大队的，等瓜都成熟了，我家自然也能分到几颗。但西瓜对那时的我太有诱惑力了。

沙地长好瓜。那片西瓜地有好几亩大，在年幼的我们眼里，可以说是一望无际。我们几个孩子藏在西瓜地旁边的玉米地里。有的蹲着，有的干脆坐在玉米苗间的空地上。我们透过一株株粗壮的玉米秆，瞅着那些滚圆、翠绿的大西瓜。烈日暴晒下的玉米地里，蒸腾着的潮热暑气，闷得人喘不上气来。我们又紧张又害怕，汗水把衣服都湿透了。

看瓜的老人哪里会料到，有几个"馋嘴猫"正虎视眈眈地盯着地里的大西瓜。

不能闲待着。我们七嘴八舌压低声音讨论选瓜的问题。最后敲定，注意从以下三个方面入手，选好瓜：

一、看瓜蒂。俗话说，瓜熟蒂落。同一块儿瓜地的西瓜，如果瓜蒂水分充足，长势还很有劲头，一般来讲，瓜还没有成熟；如果瓜蒂干枯细瘦，瓜又很大，瓜就熟了。

二、听声音。弯曲食指，用指关节轻敲或用手掌心轻

我与洋河

学生时代

杏

轻拍瓜，如果声音发闷，瓷实，一般为生瓜；如果声音不闷，一般是熟瓜。

三、掂分量。如果西瓜抱在手里，有些发轻，十有八九瓜熟得太透，娄了。娄瓜和生瓜一样，是不能吃的。

当时的我们虽然小，这"一看二听三掂量"的选瓜窍门还挺有道理的。这都是日常生活中听大人们讲的。

瓜地太热了，老人躲进简陋的瓜棚歇晌去了。有一个孩子，我忘记是谁了，猫着腰从玉米地进了西瓜地。顾不上熟不熟，也顾不上"一看二听三掂量"的选瓜窍门，拣一个瓜蒂处蔫巴了的大个儿西瓜，扯断瓜秧，抱着西瓜就跑回了玉米地。

偷瓜成功了！

我怀里抱着那个大西瓜，沿着我们村南的庐山渠的渠沿儿往回走。我们打算找个平坦、有树荫的地方把瓜消灭掉！没承想，心里慌张，脚底不稳，我脚下一滑，打了个趔趄，差点儿摔了一跤，手一托地，转眼间，我怀里的西瓜在我们的惊叫声中，顺着水渠咕噜噜地打了几个滚，摔到了水渠底，就听"咔嚓"一声响，摔成了好几瓣！

那红沙瓤的西瓜啊！

那又大又黑的瓜籽！

在我们一连串叹息声中，有个孩子一溜烟冲到了水渠底下，捡起一块儿没沾土的西瓜，啃了几口，边啃边嚷："好甜呀！好甜呀！"

一中午的闹剧就这样以遗憾而告终。

等我们几个人气喘吁吁地赶到学校，同学们早就上课了。班里本来就没几个同学，我们一迟到，教室里更是零零落落的。

曹老师很生气，罚我们一个挨着一个地站到讲台上，站成一排。他让我们认识自己的错误，向全班同学做检讨。

因为这件事，我的学习班长也被老师撸掉了。为此，我还和老师赌气，私自旷了半天课。那种情绪体验现在依然记得。

自此以后，直到大学毕业，我再也没有当过什么学习班长。

现在想想，那时我们精力旺盛，浑身充满力量，根本没有午睡的习惯，大人们也没有很严格地约束我们，所以，放学以后，我们基本上处于大人失控的散养状态。当时没有现在许多孩子面临的沉重学习负担，我们就像野草一样自由地生长。这种自由状态，也隐藏着种种危险。

好在，我们的活动范围十分有限，仅仅限于村子周围，环境单纯原始，才没有惹出什么大麻烦。

古人说，"衣食足而知荣辱，仓廪实而知礼节"。现在，一年四季，即使数九寒冬，超市里也有西瓜在出售。夏秋季节，大街小巷更是满车满车的西瓜摆在路边。但小时候那种特别想吃瓜的感觉却一去不复返，更别说去偷一颗瓜吃了。也许就是因为物质太充裕，反而没有期待了吧。

偷瓜吃在当今的孩子们看来，几乎是不可思议愚蠢可笑的事情。但当时的我们，确确实实冒着酷暑，就为了吃那一口西瓜。

请原谅当时的我们吧。生活在那个物质极其匮乏的时代，我们肚子里饿着，眼里也饿着，心里也饿着。

再说我们的另一位老师——我的舅爷。

我的舅爷姓胡，教过我不长时间。当时刚刚流行烫发，时髦的大姑娘小媳妇都把头发烫成密密的鬈发，男人们都说"就像羊尾巴"！

有一天课上，我一边听舅爷讲课，一边用右手食指绕着刘海儿上的一绺头发。我想，绕得时间长了，它不就卷了吗？我正绕着，一截粉笔头扔了过来："不好好听课，干什么呢你?!"舅爷呵斥了我一声，吓了我一大跳！我觉得舅爷看透了我"臭美"的心理，十分羞愧，赶快把手放下去，认真听课。

学校教室的屋后，就是舅爷和舅奶奶的家。三间平房，一个小院儿。我去舅爷家看过几次电视，他们家有台很小的黑白电视，我家没有。几乎每次去看的都是《新闻联播》。因为我不太好意思打扰舅爷他们，所以太晚的节目我没有看过。我对《新闻联播》节目开始之前的音乐十分熟悉。长大后我才明白，舅爷是个关心国家大事的人。

后来，我读初中、高中、大学，参加工作，和舅爷见面的次数特别少。因为年龄差距大，彼此之间很容易生出隔膜来。所以，我从来没有真正地和舅爷聊过生活，说过心里话。长大后我才知道，舅爷年轻时在外地工作多年，因交通不便，对家人照顾不周，且收入微薄，他的妻子提出了离婚。不论舅爷如何挽留，妻子还是带着孩子走了。

所以，和舅爷一起教我们的舅奶奶是他的第二任妻子。舅奶奶的家世我一点儿也不清楚。我只知道她极喜欢看书。舅奶奶经常在院子的树荫下，坐着小板凳，捧书而读，大概是小说吧。

当时我觉得那些书都挺厚，字又密，心里常常想："什么时候看得完呢？"觉得舅奶奶那么看书，真是受累。因为我当时没有看过课本之外的任何书籍，还没有真正地开始阅读，不知道阅读的乐趣，就像不吃肉不知肉味一样。

后来，我爱上了阅读，才明白：读好书，一方面累眼；另一方面又是一种不可替代的享受。非真正爱读书的人不能体会。

舅爷夫妻俩工作繁忙，所以，就给大叔叔在离我们村不远的村子里找了个奶妈。我的这位叔叔比我大不了几岁。他在奶妈家生活了好几年，可以说，是在奶妈家长大的。等他回到自己家的时候，反而处处不适应。有一次，叔叔没和舅爷说，就悄悄跑回了奶妈家，急得舅爷和舅奶奶到处找人。我那时还小，只觉得叔叔不懂事。想去奶妈家，和自己的爸妈说好了再去不行吗？后来我自己当了母亲，才知道，孩子就是孩子，想的和大人完全不一样。孩子做事、考虑问题，大多看心情，才不会左思右想考虑得那么周全呢。孩子与父母相差一代，本来就不容易相互理解，产生隔阂是再正常不过的事情，尤其是当一个孩子在别人家长大的时候。

其实，孩子在成长的过程中，最需要的是精神上的陪伴，对物质的要求是很简单的。遗憾的是，这个浅显的道理，许多父母是在自己的孩子长大成人了才明白过来的。陪伴的缺失带来太多难以弥补的缺憾。当一个孩子在一个家庭的家教和生活模式下长大，中途改换环境重新进入另一种家教和生活模式的时候，出现的问题会更多。

舅爷是个极其负责的人，也是个极严肃的人。大叔叔长大后性格一直有些内向，这让舅爷有些后悔把大叔叔送到别人家去养。舅爷后来调到乡中心小学当了几年校长。他有哮喘病，多年不愈。一天晚上睡觉后，就再也没有醒来。

现在，我人到中年，已接近人生的"秋天"。我常常想，舅爷的教师职业让他失去的太多。不知道一生敬业的舅爷从他的这份职业中，享受到一些幸福和乐趣没有。

2. 没有玩具的快乐童年

我们小的时候，绝对想不到四十多年后的同龄人玩的玩具会如此丰富多样：滑板、轮滑、小自行车、电动小汽车、拼图等等。现在的儿童们更不会想到当时我们所玩的东西是那样少得可怜，而且充当玩具的许多东西并不是玩具。

我们大队拴马的马圈里，有几排马槽。马槽里常常有马吃剩的长约一寸的干玉米秸秆。马槽上面有很粗壮并不直的木头横梁，横梁上垂着大人拇指那么粗的麻绳，每条麻绳的两头都挽在横梁上，这是用来拴马的。"这里正好能荡秋千！"有一天，我们跑过马槽时，一个小伙伴说。于是，我和伙伴们就都各自找个"秋千"，坐在绳子上，两手抓着绳子荡起来！现在想想，那多危险！

还有比这更危险的——我们还在大队圈起来的土围墙上互相追逐、奔跑！那土围墙差不多有一人多高，风化严重，即使没有任何外力，都可能随时倒塌下来！想想吧，也只有十岁左右的孩子们有这样的兴趣和平衡力。

我们还偷吃大队草料房里的煮黑豆，嚼铡草刀铡好的青玉米饲草，在地里折红高粱秸秆，拔红高粱和黍子的乌米吃。高粱乌米状如蒲草结的果实，嫩时里外都是白色，就像白蘑菇那样，很细腻，可以直接食用，也可以用火烤熟了吃。乌米老了就成黑色的了。据百度资料显示：乌米实际上是一种生长在作物顶部的真菌，一般生于高粱、玉米、黍子上。它含有多种营养成分，是天然的保健食品。美国已将乌米列入食用菌之列。我小的时候，听村里年长的人说，之所以长乌米，是种子发霉的缘故。其实事实完全不是这样，这是一种错误认识。但大人们同时还告诉我们："乌米能吃，变黑的乌米能'传染'，要扔到地外，要不，明年会长出更多乌米来。"这是完全正确的。不过，不是"传染"，而是真菌孢子扩散形成的。父老乡亲们实践经验丰富，理论知识不足，可见一斑。

我在休息天还经常在炉盘上炒一小点黄豆或玉米粒，或让母亲给我蒸白高粱穗吃……就这样，在与外界几乎没有联系的那方狭隘封闭的天地里，我们无知无畏又充满乐趣地生活着。

3. 义务劳动

我们村子西边，有一个村庄，叫三台子。从我们村到这个村，只隔了一条常年干涸的河沟。站在村边，邻村的房屋、土地都清晰可见。

现在，我回家看望父母，还常常从这个村子路过。在连接两村的乡间小路上，必然经过一处地方，头顶上空架着的高压电线，发出"嗞嗞"的电流流过的声音。

这条高压线架设的时间已经是很多年前了。那时我也就上三四年级。我们所有的同学都由老师带领着，跟着架线工人来到三台子的地里。我们一字排开，每隔几步站一个孩子，手里抓着高压线。高压线又硬又沉，抓在手里直往下坠。我们就这样，抓着电线在很松软的田地里一步步地往前拉。老师说："这条高压线，能提供很多电力供应，对我们当地的发展十分有利。由于线路所经过的地方不适宜使用大型架设设备，所以叫我们大家来帮忙。"

那天我们累得满头大汗，但是很高兴。在我们小小的心里，感受到了为家乡出力的快乐。之后多年，我再也没有参加过这样疲累但快乐的义务劳动，再也没有"人多就是有力量，团结就能办成意想不到的大事"的体会。那是我人生第一次知道为社会做事，是一种义务，开始有了浅显的主人翁意识。如今，每当从这根高压线的下方走过，想起这其中也有自己的一份努力，就很欣慰。

4. 保护我的人

今天中午，我从父母家回张家口，要从我们村经过三台子，到三台子村边去乘坐2路公交车。老父亲说："我去送你吧。"

我没让老父亲送我。

老父亲今年都七十岁了。我哪能让他大老远地步行送我，再大老远地步行返回？

我知道，老父亲其实是不大放心我自己在乡间小路上走。就像我小时候他不放心一样。

我上四五年级的时候，在邓家台乡中心小学读书，从家里步行半小时左右，才能到学校。有一次，邻村的一群四五年级的男孩子恶作剧，挡住我们几个女孩子的路，不让我们走，还辱骂我们。我们干瞪眼，干生气，不敢和他们较量。回家后，我就把这件事告诉了我的父亲。

记不清父亲当时是否说了什么。又过了几天，那几个邻村的男孩子又拦住我们的去路。就在我们又急又气又害怕的时候，忽然听见远处有人喊："干什么呢你们！我看你们是想挨揍呢！"紧跟着就看见一个人影三步并作两步地从远处的地里跑了过来。原来是我的父亲！

这真是大大出乎我的意料！

那些恶作剧的男孩子见我父亲跑过来，一溜烟就跑远了。我父亲冲着他们的背影嚷："再来欺负人，小心我收拾你个小兔崽子。"

原来，我和父亲说了那件事以后，每到放学的时候，只要父亲在家，他就在村边远远地望着我们。那天，父亲跑得着急，刚买的一双崭新的黑布鞋，让玉米茬子划了挺大的一道口子，这让父亲心疼了好几天。不过，他又说："亏得我在远处看着呢，要不，你们又要受人欺负。"

父母，永远是那个在远方默默关注着我们的人。即使我们已经长大了，即使我们年过不惑。

一转眼，我小学毕业了，升入了邓家台中学。由于邓家台中学是乡镇中学，邻近村庄的孩子们从四面八方的村子里集中到这里读书，这样我就有机会接触到更多同龄的孩子，结交了更多的好朋友。由于初中开始分科教学，各科有各科的老师，不像小学时一位老师教我们所有的学科，所以，我也开始认识更多的老师。

这样，生活的空间就大了起来，丰富了起来。

二、初中时代

（1983 年 9 月—1987 年 6 月）

1. 当了律师的语文老师

因为我喜欢上语文课，初中的语文老师给我留下的印象最深。

我初中时的三位语文老师，与其他老师一样，都是极其认真负责的人。

那时，我对写作文产生了浓厚兴趣，一有感想就要写出一篇小文章，然后拿给老师看，让老师帮着修改，给提意见。这对老师们来说，其实是额外的工作。但是，这三位老师没有一位显得不耐烦，或对我那幼稚可笑的作文不屑一顾，都极其耐心地帮我修改，并不断鼓励我坚持下去。我后来成了专业教师、业余写作者，和我遇到的这些好老师有着密不可分的关系。我很感谢我所遇到的这些好老师。

站在讲台上讲课的老师们，每天尽职尽责地努力把课上好。他们想不到，能帮助学生们成长的，不仅有自己的知识，还有知识之外的许多东西。

比如，我的一位初中语文老师，他所讲的唐朝散文大家柳宗元的《小石潭记》和中国当代著名作家、文学评论家冯牧的《澜沧江边的蝴蝶会》，真是好极了！《小石潭记》

那洗练优美的文字，西双版纳那充满神奇色彩的蝴蝶盛会，深深吸引了我。那时，我最远到过的地方，也不过是十里外的宣化城，对遥远的湖南永州和云南西双版纳一无所知。由于老师的这两节课，我对文学有了更加浓厚的兴趣，觉得文字能把自己看到的、想到的，能把人生的悲喜都表现出来，真是有魔力的东西。从此，我也开始对那些对我来讲只是一个个地理名词的远方充满向往。虽然我之后的多年也并没有出过远门去旅行。

就是这位更加点燃我对文学热爱之情的好老师，后来却离开了教育界。

老师走的时候，我们特别舍不得他。记得我对老师说："老师，您的课讲得这么好，不当老师多可惜呀。"老师回答我说："你们太小，许多事你们还不懂。"

许多事我们确实不懂。

作为乡村教师和乡下的孩子们，我们平时都说着地地道道的方言。方言充满了无限生命力，即使语调语气的微小不同都满含深意，褒义可能瞬间就会变成贬义。这位老师上课，就是用方言，我们听习惯了，也没觉得有什么不好。

有一天上课，教室过道和后面都坐满了来听课的人。我后来当了教师，才明白那是一节对老师十分重要的课——公开课。来听课的是其他学校的语文老师和教育局的领导们。既然是公开课，既然是语文课，自然应该用普通话讲授。我的老师，一开始是用普通话，讲着讲着，不小心就冒出了方言，意识到是在用方言讲课，老师又转回普通话……本来老师一改往日用方言轻松上课的样子，我们就觉得很好笑，又加上老师在蹩脚的普通话和方言之间跳来跳去，我们更是憋不住地哄堂大笑！后来，我们看见老师额头冒汗、红头涨脸时，就再也不敢笑了，开始替老师着急！

我想，那节课是老师上过的最漫长、尴尬的课！

不知道最后评课的结果是什么，反正老师自此以后就铆足了劲猛背法律条文。也许，就那一节课，让老师转为正式教师的希望破灭了，或让老师晋升职称的希望破灭了，或者仅仅是让老师感到面子上过意不去，或者是让老师对讲课灰心丧气了，不管怎么说，一位好老师从讲台上走了下来，从校园里走了出去……

能用普通话字正腔圆地讲语文课自然是好。但在一个封闭而小的环境里，用方言讲语文课，只要孩子们能听懂，也没什么大不妥吧。

我一直觉得这是个遗憾。不知道别人是否觉得这是个遗憾，也不知道后来当了律师的老师，是否也觉得是个遗憾。

初中时给我留下极深刻印象的，还有一位画手指画的美术老师，他也是一位好老师，我在《给孩子的信》中提到过。前不久听我的一位初中同学讲，这位老师多年前就已经去世了。去世的时候还很年轻。

2. 可爱的同学们

我初中时结交的好友之中，有一位女同学，她的名字我忘记了。

有一次，课间休息，我们站在教室房檐的阴凉处闲聊。她对我说，她家有鲁迅先生的小说《狂人日记》。当时，我只在语文课本上学过鲁迅先生的《从百草园到三味书屋》，觉得描写百草园和背书的那些部分很有意思，深层次的内涵我并不懂。鲁迅先生的其他文章我一律没有读过。所以，当同学说她家有《狂人日记》时，我迫不及待地说："那你明天把书带过来，借给我看看吧。"同学说，她家还有一些好看的书，都是她哥哥买的。我立刻改变了主意，想去她家多看几本。

我们走了很远的路，才到了同学家。她家确实有不少课外书，这让我有些惊讶。我坐在同学家的椅子上，一口气读完了《狂人日记》。当我读它的时候，感觉狂人很疯，文章的氛围有些阴森可怖，对狂人"救救孩子！"的呐喊不是特别理解。十三四岁的我，对封建制度的认识，仅仅限于皮毛，完全不能明白鲁迅先生文章的深意。直到三十多年后，我对历史有了更深的认识，对鲁迅先生的生平有了了解，才能比较深刻地理解鲁迅先生的小说和杂文，但也不是全懂。

从同学家出来的时候，我又借了几本书。能把自己的好书慷慨拿出来借给别人，我觉得这位同学很大方，对她留下了极好的印象。

还有一位同学，名字里边也有个"芳"字，与我关系十分亲密，即使课间上厕所，我们一般都一起去。她比我高，走路时喜欢把她的右胳膊搭在我的左肩上，这样，她半个身子的重量都压在了我的身上，使我走路特别吃力。我说了她好几回，每次一说她，她就笑着把胳膊放下去了，但下次一起走，她又把胳膊搭在我肩膀上了。没办法，每次和她一起走，我都刻意绕到她的左边，这样，我们就可以挽着手一起走了。

毕业之后，由于没有电话等通信工具，再加上我多年在外读书，后来又在外地工作，与同学们渐渐地都失去了联系。也不知道我的这些同学们现在过得怎么样。

初中时，我们能玩的东西太少了，能玩的时间也不多。放学后，我们差不多都是家里大人们的好帮手，洗锅、做饭、照看弟弟妹妹、搂柴火、拔兔草……忙得不亦乐乎。我们一起玩的那些孩子，常凑在一起学唱歌，歌曲是从收音机里听来的。我那时经常给同学们唱，不像有些女同学总是扭扭捏捏，唱支歌得别人磨破嘴皮子劝才肯张嘴。

也是在和伙伴们一起玩耍的时候，我收集到了一些火柴盒。这些小小的火柴盒上面，绘的是《红楼梦》中的一些女子——金陵十二钗。她们个个袅袅婷婷，美丽优雅。

我一有空就在纸上或者练习本的背面"照图画人"。这种"照图画人"说起来简单，真正画好也不容易。由于火柴盒上的图画激起的好奇，我想方设法借到了《红楼梦》，并开始在一沓沓信纸上认认真真地、一首首地摘抄书里的诗词，还读给一起玩耍的伙伴们听。她们紧紧围在我的身边，边听，边一起看我抄的《红楼梦》诗词。那种头对头、胳膊挨着胳膊的亲密劲儿，充分证明了优秀文学作品的无限吸引力！要知道，当时的我们，根本没有阅读课外读物的条件，课外阅读几乎是一片空白，也没有建立起阅读的习惯。只是我比我的那些可爱的伙伴对文学更感兴趣，心甘情愿地去抄去写去画，而且一直坚持了下来，直至现在，我仍把写作当成人生一大乐趣。

我越是给伙伴们读得多，越觉得曹雪芹实在是了不起。写出那么多那么好的诗词，虽然那些诗词好在哪里即使现在我也不能完全说得出来。那种无以言表的美好感觉，如今依然朦朦胧胧地绕在心头。

3. 爷爷的烧饼

一天上午，我正在听讲，听见有人在教室门口喊我。老师正在上课，就停了下来，走到门口问："什么事呀？"我的爷爷说想叫我出去一下。我出去后，见爷爷站在他的独轮小车旁边，独轮小车上放着两个纸箱子。

爷爷从一个箱子里拿出两个芝麻烧饼，边递给我边说：

"我刚去洋河南（指洋河南镇）进货，给你送两个烧饼，一会儿饿了吃。"

我拿着两个烧饼，在老师和同学们的目光中回到自己的座位。我当时觉得爷爷真不懂规矩，他不应该打扰老师上课。应该等我们下课了，再找我。好在老师也没有多说什么。

爷爷家的小卖部开了不长时间。所售卖的不过是二锅头、火柴、烧饼之类最廉价的日常消费品。爷爷凡事不敢违拗奶奶，奶奶是我父亲七八岁的时候嫁过来的。爷爷开了几年的小卖部，大概只送过我两个芝麻烧饼，别的东西我没有任何记忆。

正是从爷爷奶奶身上，我才体会到，亲疏薄厚是有大区别的。家庭关系越复杂，人与人的隔膜越深，无奈越多。

我上高中时，爷爷去看望姑姑——奶奶的女儿，从我读书的沙岭子学校路过，顺便去学校看我。爷爷给姑姑带了不少东西。我借了一辆自行车，帮爷爷把东西驮到姑姑家。我只去过姑姑家一次，就是那一次。

许多年后，爷爷病重，生活不能自理。我抱着我三四岁的儿子去看望他。爷爷躺在炕上，半边身子已动弹不得。他看见我和我的儿子，我想他心里是高兴和喜欢的，只是他说话已经含混不清了。他用能动的那只手，指着炕上散开的一包酥，意思是让我拿给孩子吃。

爷爷一辈子与奶奶家的亲戚走得近，与我爸妈和叔叔

婶婶的关系都很一般。不知道爷爷临终之时，想到了什么
没有。

4. 困顿也是生活

我有好多年，只要凛冽的寒风吹到脸上，脸就立刻又
红又痒，还起些肿胀的疙瘩，直到暖和了才会慢慢恢复常
态。我的手也被冻过，遇热痒得更厉害。这都是初中读书
时，没有口罩、围巾、棉手套等冬季防护用品的缘故。直
到最近几年，隆冬季节，必然包裹得严严实实才会出门，
脸和手才没有了这种不良反应。

我上初中的时候，冬天没有好的围巾，雨天也没有好
的雨具。因为父母就没有买过雨伞。我家只有一件大而厚
的雨衣，军绿色的。我爸常年上班，他用的。

要是下雨天，我们上学怎么办呢？

如果是小雨，我们就披一件厚点的衣服，或把衣服像
伞一样张在头上；如果是大雨，我们就用塑料布当雨衣。
大家想象也能知道，这种情况和没有雨具没什么大的区别。
只不过聊胜于无罢了。

好在北方十年九旱，大雨不是太多。我们不知不觉竟
然也长大了。

有一天中午，我和一群孩子放学回家，正走到邓家台
村和我们村的中间，忽然一阵狂风刮过，紧接着就噼里啪
啦地落下冰雹来，砸到我们头上、脸上、背上。我们都没

有雨伞，也没背书包。情急之下，我们看见路边的地里有一垛一垛的高粱秸秆，就急中生智，一起动手，把一人多高的高粱秸秆一捆一捆抱下来，彼此斜靠着搭成一个临时的"窝棚"，我们这群衣服湿透的孩子，藏在"窝棚"里，就听见冰雹唰啦唰啦地砸在秸秆上面。我们都为自己的好主意高兴地笑个没完。就好像被淋湿和被冰雹打的是别人一样。

你说奇怪不？

人极狼狈的时候，也会不由得笑自己呢。

5. 高中第一学期的学费

初中毕业之后，有将近两个月的暑假。我想，这么长的时间，总不能什么都不干吧。我提出来，要去卖冰糕赚点儿小钱，开学交学费。

我记得我母亲和父亲对于这件事意见非常不统一。父亲说："天气太热，中暑了怎么办？遇见坏人怎么办？一根冰糕卖五分钱，能赚几个钱？弄不好还会化掉，连本钱都折了。趁早别瞎胡闹。"

母亲说："挣钱不挣钱的，先放在其次。孩子就得出去锻炼，要不长大了什么都不会，怎么适应社会？试试吧，看看情况再说。"

父亲拗不过母亲和我，最终同意了。我们就开始做准备：钉木箱；买白纱布和棉花，缝制棉垫儿，用来覆盖木箱，隔热保温；找宽皮筋，用铁丝扎紧两头，分别安好挂钩，用来把箱子固定在自行车的后座上……

天气炎热是我所预料到的。冰糕不好卖是我所没有预料到的。

当时人们都比较贫困，大人们根本舍不得花钱给自己买冰糕吃。只有当小孩子嚷嚷着"买冰糕、买冰糕……"不买孩子就哭闹不止的时候，大人才会出来花这五分钱。

就这样，我顶着烈日，有时骑着、有时推着我爸那辆二八大自行车，驮着冰糕箱子走街串巷，还不停吆喝："卖冰糕，卖冰糕……"

有一天，我走进了一个死胡同，胡同很窄，我推着车子倒退出来时，车把不听使唤，自行车倒了。木箱重重地砸到了我的脚后跟，蹭破了一大片，血渗了出来。

正是午饭时候，人家的饭菜香味在村子上空飘着，我浑身大汗，又饥肠辘辘，脚后跟还一阵阵地疼。那一刻，我真的有些想哭。

不过，我忍住了。我想，是我自己要出来锻炼的，又没有谁逼迫我。既然是自己做出的选择，又有什么可委屈的呢？

有事可做的日子时间过得飞快，暑假很快就结束了。我带着卖冰糕赚来的三十几块钱，去沙岭子高中读书。学费差不多都够了。那一刻，我真是很骄傲，觉得自己的辛苦真是很值得。

那一年，我十六岁。

那一年以后，我在人前再也不羞羞涩涩。我不再是那个内向不爱说话的孩子。

最关键的是，我体会到了劳动的辛苦，也体会到了劳动的快乐。

成人以后，我成了一个上得了厅堂又下得了厨房还能工作在讲堂的人，与小时候的这次锻炼不能不说有着非常密切的关系。

我感谢我的母亲，给了我这样的锻炼机会。它让我明白：人生在世，能劳动时就不要懒惰，不能有依赖思想。如果人本来可以劳动，却过着衣来伸手、饭来张口的"大爷式"的生活，那是可耻的。

6. 第一次远游

我第一次走出村子周围，走出河北省，是跟随父亲和他单位的一些同事。

那时，父亲在我们县的一个化肥厂上班。有一年，他被选为劳动模范，拿回的奖品是一个厚厚的硬皮笔记本。笔记本有几幅插图，其中一幅是北京故宫太和殿的图片，另一幅是层林尽染的香山红叶图。从此，我对北京充满了向往，特别期待能有机会看到故宫和香山红叶。所以，当我父亲说他们单位要组织劳模去北京游览八达岭长城和十三陵时，我缠着父亲非让他带我一起去。幸运的是，化肥厂的领导同意了我跟随父亲一起去的请求。当和父亲一起坐上开往北京的大客车时，我高兴极了。

八达岭长城的宏伟出乎我的意料，虽然我在语文课本里读过有关八达岭长城的文章，对它有一点儿了解。我奇怪的是，在条件十分简陋的情况下，长城上铺砌的那些大大小小的条砖，是怎样运到如此险峻的高山上的？砖块与砖块之间的缝隙，又是怎样粘得连刀片都插不进去的？如此浩大的建筑工程，图纸又是谁设计的呢？

站在长城之上，极目远眺，就见长城在山峦之上绵延起伏，顿觉天地广大，人在天地之间，十分渺小。

最近几年，通过电视和网络媒体，才逐渐了解了长城这项伟大的工程其中蕴含的种种奇妙；在张家口市怀来县城东南燕山脚下瑞云观乡的大营盘村亲眼看到了样边长城，才知修建长城也要打样。我对早已逝去的那些工匠充满了敬佩之情。

明十三陵是明朝皇帝的墓葬群，位于北京市昌平区燕山山麓的天寿山。对于陵寝那有皇家气派的地上建筑，我印象十分模糊。对于陵寝的地下部分，我的印象刻骨铭心。也就是说，我对于明十三陵的记忆，是片段式的。刚刚进入陵寝地下部分（后来才知道，我们当时参观的是定陵博物馆）参观的时候，我既紧张又恐惧。我那时也就十二三岁，对于和死亡有关的事情，非常害怕。因为身边有许多游客，所以才敢大着胆子随着人们简单停留了几分钟，看了几眼。

盛满香油的大瓷缸，是专供长明灯使用的。放置的几具棺椁，最让我紧张。棺椁的颜色好像是黑红，我自此不喜欢这种颜色。还有许多红漆木箱，据说装满了随葬的金银玉器……阴森森的气氛，让年幼无知的我不敢停留。我心想，这些皇帝已经逝去多年了，每天这么多人进进出出地来打扰他们，也不是太合适呢。

当然，国家开放和保护明十三陵，自有道理。我想，也是为了让后人了解历史，研究历史，否则后世子孙不就对自己国家和民族的历史一无所知了吗？

这次出游大大开阔了我的视野，让我看见了与我的生活环境完全不一样的大都市，让我了解了书本以外真实可触的历史。就像一个多年生活在小房子里的人，突然有人给他开了一扇窗户，让他看到了外面精彩的世界。

遗憾的是，这扇窗户只开了一下，就关上了。之后多年，我再也没有机会走出过张家口，没有走出过河北省，直到我考上大学。

7. 父亲的工作服

在我成长的过程中，我穿过的新衣服一共没多少。小学时，有一年过六一儿童节，舅舅给我买了一件洁白的的确良衬衫。衬衫的扣子两旁，分别有三道竖着的凸起小棱。初中时，我跟着父亲去宣化的商场里买衣服，楼上楼下地转了好几圈，喜欢的衣服嫌价格高，价格低的衣服自己又不喜欢。后来，看父亲不耐烦了，我将就着买了一件浅蓝色的夹克衫。平时所穿的衣服，几乎不留印象。好像不穿衣服就长大了一样。

初中时，我个子已经长了不少。有一天，我试着穿了一下父亲单位新发的工作服，发现裤腿和袖子挽起几圈，我是可以穿的！那身工作服是灰色的，料子很结实。后来，我还穿着它去学校上课。有位同学说："这哪儿是衣服，简直像套了个大麻袋嘛！"我听了非常不高兴。心想，她怎么这么说？之后多年，我才明白，这位同学毫无恶意，她不过是说了实话而已。那时，我身高不到一米六，是个还没有长大的小女孩。而我父亲身高将近一米八，工作服又是宽松款式，可以想见，我父亲的工作服套在我身上是什么效果。尽管如此，我还是穿了好长时间父亲的工作服。

长大以后，我再去买衣服，特别喜欢艳丽明亮的色彩，比如浅粉、大红。灰色和蓝色的衣服几乎看也不看。不知道这是一种什么心理。

最近几年，我才发现素色的衣服纯净淡雅，穿上也不难看。买了一件浅灰的风衣，穿着它走过春天，也走过秋天。

8. 遗憾

没有遗憾，不是生活。

初中阶段，我们所学的课程里，生物和地理课不在教育局监测的范围内，导致从老师到学生都不重视这两门学科。乡土文化教育，更是一片空白。老师的教学和学生的学习都以考试为目的。这种功利性的教学带来许多消极影响。虽然我们初中毕业了，已在校园里学习了九年，完成了国家规定的义务教育，但作为中国人，生活在中国，却不了解中国；作为河北人，生活在河北，却不了解河北；作为宣化人，生活在宣化，却不了解宣化；作为洋河南镇人，生活在洋河南镇，却不了解洋河南镇。

不了解，无以爱。

了解了，才会知道家乡的可爱，才会了解祖国的伟大。

由于地理和生物课基础薄弱，上高中时，地理课是我下功夫很大的一门学科，牵扯了我很多精力。

这让我悔不当初。同时觉得学校对非中考科目的忽视是错误的、违背教育教学规律的做法。

9. 树荫下的学习

临近中考，天气炎热。教室是平房，没有电扇，教室里很闷。老师所讲的内容差不多也讲完了，我们进入了自由复习阶段。

老师说："反正是自由复习，大家去树荫下复习吧。"我们就在教室外树荫下席地而坐，共同学习。我们都拿着语文或英语书，一边看着书，一边像老师一样，互相考查同学。同学出现的错误常常让我们开怀大笑，十分快乐。

就在这样开心的学习中，我们把应该复习的语文和英语知识一一地从头至尾都过了一遍，学习效率很高。

后来我才知道，这种自由式互助学习，能有力地调动每一个孩子的积极性，让所有的孩子都能在学习中有所收获，且加深了学生间的友谊，真是益处多多。

10. 第一个梦想的破灭

三年的初中生活在风风雨雨中一晃而过。中考结束后，我的考试成绩很一般。当时，在宣化附近新建了一所职业技术学校，记得有农林专业。我报了这所学校，想去学种果树。我想象着，春天里果树上开满了各种美丽而香气扑鼻的花朵，秋天里树上挂满了各种香气更加迷人的苹果、海棠等等。

有一天黄昏时分，我路过村大队部附近，一位在外工作的长辈问起我的学业，我说了我的打算。这位长辈说："你成绩不算太差，应该去补习一年，争取上个好点儿的高中，然后去考大学。这所技术学校刚刚建立，谁也不知道将来会不会办好。要是将来学校办不下去，你不就受影响了吗？"

我回家与爸妈说了这位长辈的话。爸妈都说让我自己决定。我后来在邓家台中学补习了一年，考上了宣化县重点高中——沙岭子高中。过了四年，我又考上了大学。

亏得我没去学种果树。那所职业学校办了没多久就解散了。当时，我妈连我去技校用的被褥、香皂等都准备好了。

关键时刻，多听听别人的意见也是很必要的。尤其求学期间的任何选择，都可能涉及道路前方的专业和职业问题，从而改变人生的航向。

我后来考上了张家口师范专科学校，毕业后一直任教于张家口市第十六中学——一所规模不大的初级中学。

这一生，没能在果园里耕耘与收获，我的第一个梦想破灭了。

这一生，我一直在讲台上耕耘与收获，虽辛劳忙碌却也尽心尽力，从不后悔。

三、奋斗改变命运——高中生活

(1987年9月—1991年7月)

1. 初入学

1987年9月初，我和我三舅拿着被褥、洗脸盆之类的东西，乘坐从宣化发车开往张家口的21路公交车，来到宣化县（2016年宣化县与宣化区合并，通称宣化区）重点高中——沙岭子中学。

今天是2018年的9月9日，三十一年，就像被切换的电影镜头，转眼就消失了。

那次是我第一次乘坐公交车。我上高中之前，活动范围仅限于方圆十几里。除了参加过我父亲单位组织的一次八达岭长城和十三陵的旅游参观外，再也没有过任何旅行，也没有远方的亲戚可供走动，所以从来没有机会乘坐公交车。

办完入学手续，我和三舅来到宿舍。一间大屋，四张大的木板床，上下铺的。我天生胆小，总觉得那床有些晃动，生怕上面的床板掉下来，不愿意去上铺。但当时好像是没有下铺了。我记得特别清楚，三舅噌噌两下就爬到了上铺，帮我铺好了褥子，整理好了床单。

那年我十七岁，三舅二十六岁。三舅是沙岭子高中毕业的。

现在，我经常想：要放手让孩子们锻炼，自己的事情自己做。我应该自己上去整理床铺的，三舅二话没说就上去整理了。想想吧，谁又没有被亲人娇惯过呢？

在宿舍整理妥当后，三舅带我去镇上的小饭馆吃了饭。我觉得饭菜都有些贵。三舅说："又不是天天下馆子，没关系的。"

我们的宿舍是一排排的红砖灰瓦的平房，我们的教室也是一排排的红砖灰瓦的平房。这些平房既没有编号也没有名字，外观也没有什么大的区别，得自己记着是第几排第几间房子。我总是分辨不清。一着急，就会走错地方。多年以后，出现在我梦中的高中生活场景，依然免不了心急火燎、跑来跑去地寻找宿舍或教室。

每排宿舍的前边，都有一个像水井一样的大深坑。直径有一米多，深有两米左右。我们洗过脸的水，洗过衣服的水，都会倒在里边。用这样的渗水井来处理生活废水的方式，在我来到沙中读书以前从没见过。后来学了地理才明白，渗水井的底面必须在水位线以上，坑底厚厚的细沙起着过滤网的作用，一定程度上使污水得到了净化，减轻了对地下水的污染。

这种因陋就简、创造性的好办法，其实满含人类的宝贵经验和智慧。

我们洗的衣服，都晾晒在宿舍前的一根绳子上。我的一位同学，有一天匆匆忙忙赶往教室，因天色昏暗，撞到了另外一根同学私自拉起来的晾衣绳上。因为跑得速度快，所以她躲闪不及，摔倒了，脖子还被绳子勒了一大道红印，把我们都吓了一跳。班主任李老师也吓了一跳，确定没事了我们都才放了心。

2. 高一的班主任老师

李老师是我们高一时候的班主任。他当时刚从大学本科毕业。比我们也就大五六岁，教我们化学。

李老师个子不太高，也瘦。干事非常利落。他的家好像也在宣化附近。有一次，我的一名女同学生病了，我和李老师一起把她送回家去。同学的家离学校并不太远，但是得坐公交车到宣化，再换车。我现在还清晰地记得李老师和我返回时，站在公路边等车的情景：大型的载重车一辆跟着一辆，带着呼呼的风声，嗡嗡地从面前驶过，车后尘土飞扬。

三十年后的今天，是互联网时代。智能手机普及了，老师与家长的联系极其快捷。不像当时，没有电话，交通也落后，同学生病了，只能由老师送同学回家，老师才能放心。

现在想想，落后自有落后的好处。联系方式不便捷的时候，自然就想方设法亲自去见面沟通了。所以，当时的人与人之间，一般走得比较近。现在，能视频电话了，人们不用亲自跑腿儿了，但电话终归是电话，与那种面对面手拉着手、胳膊挎着胳膊或促膝而坐的倾心交谈，那就差得太远了。

同学的妈妈十分感谢李老师和我，给我们焖了大米饭，还做了红烧带鱼。我们都坐在炕上，围着小桌吃饭。同学的妈妈厨艺很好，鱼一点儿腥味也没有，还很入味儿；米饭不软不硬，香气扑鼻，我吃得很解馋。

同学的妈妈悄悄对我说："吃饭的时候，李老师好像比你还腼腆。"我当时不理解，多年以后才明白：老师不像我，饿了就非要吃饱。你看，我多实在。写到这儿，自己都忍不住笑了。我总是傻乎乎的，从不考虑太多。

那天，同学家的窗台上，有一盆花开得正旺。它叶子互生，宽约一寸，翠绿修长，中间一茎高高挺立，顶上几朵红花簇成一簇，很好看。后来我才知道，那是一株朱顶红。

有一个阶段，在《新闻联播》上，我看见许多件滥砍乱伐的事情。当时，我们的地理课上，老师正在讲我国保护环境的基本国策。我一边听老师讲课，一边想："国策是制定出来了，可还有这么多违反政策的事情发生，政策不就是一纸空文？教科书上是一回事，现实情况又是另外一回事，完全是两张皮，学它有什么用？"

想想看，当时的我，有多幼稚吧！

任何时代的任何政策和法律条文，都不可能丁是丁，卯是卯，在现实中完全被执行。任何朝代，现实与政策条文完全合拍的情况从来就不存在。《刑法》禁止犯罪，哪个国家没有犯罪？《民法》不让欠债不还，哪个朝代没有欠债不还的人？

不过当时，我可没有三十年后的今天想得这么明白。当时我想："父母那么辛苦地劳作，攒钱供我读书，书本与现实如此不符，学习书本又有什么用？不如回家干活去呢，还能减轻父母的负担。"

我坐在教室的第一排。有一天，李老师上完课，正要走出教室，我喊了一声老师，老师站住了。

"李老师，我不想念书了。"

"为什么？"

……

李老师听了我的话，先是没吭声，然后说了几句话，转身就走了。

那些话一下子就点醒了我。

"现实与政策不符的事情哪个国家没有？因为这个你就放弃学业？命运在你手中，你自己看着决定吧！"

人就是这样，没有人点醒我们的时候，我们会一直沉浸在自己的想法中，总觉得自己是有道理的。一旦有别人提醒我们，头脑里有了新认识，旧想法才没有了势力。我自此再没有想过中途放弃学业的事情，哪怕是在高考落榜的时候。我一直不断地努力学习，这让我的人生很受益。

李老师与同学们相处得十分融洽，有时甚至是有些溺爱同学们。李老师听说男生宿舍里用煤末制成的煤坯不好使，炉火不旺，同学们夜里冻得厉害，就领着几名男同学去学校的大煤堆上装了几箩筐块煤，结果受到了校领导的严厉批评。

放寒假的时候，有些同学需要早早出发，去沙岭子车站乘坐火车回家。李老师在他宿舍的炉子上熬了一大锅的大米粥，让坐火车的同学们拿着自己的饭盒去他宿舍，每人都吃一饭盒米粥。他说："吃了东西再去坐车，就没那么冷了。"

火车呼哧呼哧地喷着热气消失在晨雾弥漫中，看不见了，李老师才从火车站往回走。那次我和几位同学和李老师都去送同学，所以记得这些事情。

李老师其实是极好的老师。心地善良，爱他的学生，也热爱自己的工作。但他处理一些问题时，往往以不愉快收场。我觉得李老师完全可以用更合理、更有效的方式解决许多问题。后来，李老师去化学实验室上班，再后来，早早就病退了。

3. 见识地形雨和蘑菇圈

生活是一条源远流长的溪流，带给我们无限的感受。

在去琴琴家之前，我没有去山上真正采过蘑菇。

琴琴家是在赵川镇。她和我都在文科班132班读书。当我们正在不高的山上低着头转来转去在草丛中四处寻找蘑菇的时候，忽然天上飘过来一片乌云，不一会儿，小雨就滴滴答答地下了起来。

我们谁都没有带伞。过去不像现在，手机上天天推送天气预报，人们大都随身携带着雨伞或是遮阳伞。

我们都有些慌乱。只有琴琴不慌不忙地说："不用担心，咱们赶快翻过山头，山那边不下雨。"

我将信将疑，这怎么可能呢？同是一片天，就差一个山头，会这边下雨那边晴天？

等我们翻过山头，果然那边一点儿雨星也没有。我们在山那边玩了一会儿，天上的乌云不见了，晴空万里，我们就又跟着琴琴翻到山的这边。

地上湿漉漉的。草尖儿上挂着水珠，晶莹透亮。琴琴说："一下雨，蘑菇会飞快地长出来。咱们稍微等会儿，就会看见一圈儿一圈儿的蘑菇。可多了。"

后来，我果真看见一圈圈的白蘑菇，有的如乒乓球大，有的如海棠果小，还有更可爱的，就像一颗颗的白纽扣，挨着、挤着，在翠绿的草丛里绽放着伞一样的小朵。

我们高兴极了。我对琴琴佩服得五体投地。真是没想到，琴琴说的每句话都是真的！

后来学了地理，才知道，这种一座山半边晴天半边雨的出现，完全是由于地形的缘故。

百度资料显示：地形雨因为发生在地形的阻挡作用当中而得名。地形雨是湿润气流遇到山脉等高地阻挡时被迫抬升而气温降低形成的降水。形成降水的山坡正好是迎风的一面，就是迎风坡。而背风的一面，因为气流下沉，温度升高，不再形成降水。地形雨对改变局部小气候有重要影响作用。另外，由于地形雨对地形区两面坡的不同影响，而导致人们对它们的开发利用也不尽相同，人文景观呈现明显差异。

今年8月初，我去兰州开会。在甘肃境内，一路上在车窗外看到的祁连山（祁连山是青海省和甘肃省的分界线），一直是像烧过的煤灰堆成的一样，绵延不绝，几乎寸草不生，毫无生机。听车上的人说，祁连山在青海省境内，却繁花似锦、草树茂盛，一片葱茏。这种情形，也与祁连山东西走向、平均海拔四千米以上的地形密切相关（当然还与甘肃所处的地理位置有关）。这样的地形使东南暖湿气流在南坡（青海省境内）形成大量雨水，却使北坡（甘肃省境内）干旱少雨。

而蘑菇圈的现象，百度也有很好的解释：蘑菇圈也叫仙人圈、仙人环，是由于蘑菇菌丝辐射生长的缘故。菌丝由中间一点向四周辐射生长，时间长了，中心点及老化的菌丝相继死去，外面的菌丝活力强，于是形成了自然的菌丝体环，并长成蘑菇圈。每当夏季雨过天晴，草地上便出现一个个神秘的圆圈，直径小则十米，大则上百米。周围的牧草呈现出深浅不同的颜色，走近看，那圈子是由带着水珠的白蘑菇组成的。

大自然充满无穷的奥秘，等着我们去探索和发现。当我们亲近大自然时，总有无数的意想不到的惊喜和收获。真可谓：生活处处有学问，留心时时能长进。

4. 勤奋努力的同学

高中的学习生活自然是十分紧张和忙碌的。但我从不熬夜。

我觉得该学习的时候就要认真学习，该睡觉的时候就要好好睡觉。

我班有一位同学，几乎每天都第一个去教室。因为电灯是学校统一控制的，所以，晚自习之后学校准时熄灯，早自习之前学校也不送电。早到的同学就必须点着蜡烛才能学习。常常是我进班时，教室里早已烛光一片。

我的这些勤奋努力的同学，让我敬佩。我更羡慕他们旺盛的精力，这是我所没有的。

我只要一个晚上熬夜，总要疲乏两三天才能缓过来。

没办法，人跟人就是不一样啊。

我晚上睡眠充足，白天神清气爽、精力充沛。规律的生活，让我身体有了保障。

这种规律的生活一直保持到现在。

我班每天最早进教室的那位同学，后来是同学中文凭最高的。他在南方某大学任教。在微信群里的发言也总是很有水平。因为他"站得比一般人高"，所以"看得比一般人远"。

知识就是这样，能给予掌握它的人丰厚的馈赠，让他的命运有所不同——社会地位提升，经济实力喜人。一句话，幸福总是喜欢去敲开勤奋者的大门。

5. 诚信

谁都不能保证自己一辈子不借钱。

但不是每个借钱的人都懂得及时归还。

我读高中时，大概一个月或三个星期回家一趟。除了拿一些必备的衣物之类的东西，回家主要是拿生活费。所以，每次我回家，都是父母发愁的时候。

如果父母给我准备好了钱，我就拿走。如果正巧手底下没有，父母就得出去借钱。父母都是很要强的人，但无奈之下，也不得不向亲朋好友张口，并说明，只要我父亲一发工资，立刻就会归还。

父母是信守承诺的人。只要发了工资，他们第一件事就是去还给亲朋好友，绝不拖欠。

想想现在，有多少人，欠着别人的钱不还，还照样吃喝玩乐，不知道哪里来的底气，如此心安理得。

所谓无耻者无畏。

人与人的差别，在外表，更在内心。

人与人的高下，在智力，更在德行。

6. 我的两次高考

1990 年，我第一次参加高考。在模拟考试中取得较好名次的我，对高考满怀希望。当时，我和我的同学们一起，在河北省宣化县沙岭子中学（现在更名为宣化县第一中学）住校。早晨和晚上一般多为小米粥或玉米面糊搭配玉米面窝头或馒头，中午的菜品也是极其单一。

当时有保送大学的名额，有些同学争抢得很厉害。我想，自己的成绩还不错，只要好好考，肯定能上自己喜欢的大学，对为保送名额争抢不已的事情很不以为意。

没想到，高考前几天，我身体不舒服，一吃东西胃里就反酸，还隐隐地疼。食堂窗口少，打饭的人多，等负责值日的同学把饭菜打回宿舍，再分发给我们，黄瓜菜也凉了。凉饭冷菜加剧了我胃的不适感。其实，现在想来，也许还有心情紧张的缘故吧。结果，平时成绩良好，自觉能考上大学的我，与一位平时成绩很好，那几天紧张得失眠的同学一起，名落孙山，与大学擦肩而过。

真正应了那句话：一考定终身！

没办法，1991年我第二次参加了高考。在宣化县二中复读的那年，我拼命地猛学数学，因为头一年高考，数学成绩最不好。我埋头做题，做了数不清的题，向老师请教，与数学好的同学一起探讨交流，数学方面有了很大提高。有一天，看着数学书的总目录，我忽然恍然大悟：哦，原来无数无数的习题，归类了就这么些东西！学习不懂提纲挈领，所有的东西都是杂乱无章散沙一堆！哪里会有学习的高效率！自此，我读书和学习都要从总目录开始。

第二次高考，我如愿以偿，上了自己喜欢的大学。

回想当年的场景，历历如在眼前。个人的经历其实也是时代的缩影。

等我参加工作多年，才渐渐认识到，我国拥有世界上最庞大的学生队伍，没有哪个国家能为我们提供出拿来即用的实用经验。作为欠发达的大国办的大教育，注定是摸着石头过河。无论怎样的教育改革举措，最终目的是不变的，即"培养人格健全的人，唤醒灵魂深处最高贵的自我……""帮学生成为更好的自己"。这是教育的终极目标，也是受教育者接受教育的意义所在。为更好实现这个目标，我国从1977年恢复高考以来，做出了种种尝试与努力。如今，

"3＋1"模式改为"3＋3"模式、志愿服务计入课时，不再一考定终身。浙江和上海的这些高考新举措充分表明，国家正在"引导学生、教师和教育部门在关心分数之外，更关注学生对于知识、能力的掌握状况和发展变化，促使教育更科学"。这种立体的考核体系无疑比二十多年前我参加高考时的考核体系要科学和完善得多。它为在全社会树立"人人可以塑造，行行能出状元""人才不拘一格"的人才观提供了依据，给无数学生和望子成龙的家长带来了更多的希望。

可以看出，诸多革新的举措，本身就是革新的成果。它符合教育发展规律，以人为本，体现的是选择权的被尊重，个性化发展的被重视，发展机遇的日益公平。这种体现公平的教育理念和教育实践，也证实了教育改革的跋涉历程就是不断提高公平程度的历程，它照亮教育这片广阔天空，必然也像光芒一样照亮更多学子的前行道路。

7. 我终于考上大学了！

我的高考录取通知书是我爷爷亲自送到我手里的。

我爷爷当时已六十多岁，但身体硬朗，在村委会看守大门，收发信件。

在收到录取通知书的前一天晚上，我梦见一只像凤凰一样的大鸟，长着色彩斑斓的羽毛，拖着长长的尾羽，向我飞了过来。它飞到我身边，用它彩色的翅膀轻轻地划过我的身体，然后就飞走了。

早晨醒来，我对我妈说："娘，我肯定考上大学了，没准通知书就要来了。"我妈问为什么。我说了这个奇怪的梦。

我妈笑了笑，没说什么。

没想到，快中午的时候，我爷爷从队委会拿着通知书，直接送到了我的手里！

我妈笑着说："看来这个好梦还真是带来好运气啊。"

暂且不提梦与现实是否有关联。当时我所在的乡村信息落后，有关高考信息完全是一片茫然。录取分数线、自己的分数等，一律不知。我只是在家一天又一天地焦急等待。不像现在，考生能从各种信息平台上查询到许多信息。

就这样，我知道自己的人生又有了一个更为广阔的世界，有了一个更高的台阶，从而能看得更远。这是我，也是我的父母期望已久的。

更重要的是，我自此以后就有了城市户口，不用一辈子过靠天吃饭，"面朝黄土背朝天"的生活，不用过那种又封闭又落后的生活。

因为我终于考上了大学，我的父母长长地舒了一口气。

能有什么比孩子有长进更让父母欣慰的呢？

因为我终于考上了大学，我的心也一下了踏实了。我有大学可以上了！

那些天，我们全家人都高兴得合不拢嘴。大学会是什

221

么样子的呢？大学的老师又是什么样的人呢？大学里又会遇见什么样的同学们呢？我想象着。

我盼望着开学。

四、大学之大

（1991年9月—1994年7月）

1. 拢子与皮皮虾

张家口师范专科学校位于张家口市五一路。在来到学校之前，我还没机会听到家乡话之外的方言土语。我同宿舍的一名舍友，是秦皇岛人。有一天，她在上铺休息，忽然欠着身子，对我说："曹秀芳，帮我拿一下拢子。"

我忘记当时正在干什么了，反正我是在屋里忙活。我不知道舍友让我给她拿什么。

"什么拢子？"我问。

"就是那个。"舍友见我没听懂，探出身子，用手指着放牙刷牙缸的木架子说。

我才明白她叫"梳子"为"拢子"。

想想吧，多有意思！梳用在这里就是把头发整理好，拢，不也是把头发整理好？梳侧重于工具的木质地，拢侧重于手的动作。字典上解释，"拢子"指齿小而密的梳子。

我国有五十六个民族，是统一的多民族国家。语言和文字自然十分丰富多彩。如果认真研究其中蕴含的博大精深的文化，恐怕我们许多人穷其一生都不会了解其二三。

还是这位舍友，八月十五回老家，带了一些虾回来。她带的虾与我平时在河沟里看到的小虾和市场上见到的青虾完全不一样。她带的虾长得又大又壮还很难看，像虫子一样。

"这叫皮皮虾，是海里的。"

"怪不得这么大！"

"可好吃了。"

"你吃吧，我不习惯吃。"

我们都没人敢吃。

真是山里的孩子没见过海，村里的孩子也没见过海鲜呢。

人越接触世界，才越知道世界之奇大无比，才知道每个人的所知所觉都太有限。

人哪能不谦卑地活着？

2. 歌咏比赛与霹雳舞

大学的生活比高中丰富多了。在教学楼的大礼堂里，我参加了师专的歌咏比赛，还拿了个三等奖。

其实，我对唱歌是实实在在的外行，喜欢唱歌却由来已久。我从小就喜欢听歌，听收音机里的歌曲，听村委会大喇叭里的歌曲。我有一个抄歌本，把喜欢的歌词抄在本子上，反复练习。一有机会，我就唱。走路时唱，和同伴们一起玩耍时也唱。

我从来没真正学过音乐。音乐课在我上小学、初中、高中时都是学校老师和同学们极其不重视的学科。每个学期终了，最新的课本就是音乐和美术了。

这其实是教育的一种缺憾，一种不完善，一种误区。

音乐是具有魔力的，也更有胸怀，它能接纳更多更广泛的人参与其中。不像有些学科，因为自身晦涩难懂，把许多孩子早早拒之门外。

凭着热情，不讲技巧，我在音乐磁带的伴奏下，大大方方地站在老师和同学们面前，手持麦克风，为他们深情演唱了俄罗斯歌曲《红莓花儿开》：

"田野小河边，红莓花儿开。有一位少年正是我心爱，可是我不能对他表白，满怀的心腹话儿没法讲出来……"

当我的歌声合着手风琴的伴奏乐在大礼堂悠扬响起的时候，我用自己的声音给大家带来快乐，我幸福极了。

霹雳舞，当时在师专校园里极为流行。这种舞蹈激情澎湃、活力无限，让人浑身充满朝气。我们班许多男同学都学习过霹雳舞，有些同学还在舞台上给我们表演过。只是没过多长时间，流行风一过，就没人再坚持学习了。

3. 大学的好老师与图书馆

在大学，我也遇见几位极好的老师。

有一位老师没有教过我，却是我在师专见到的第一位老师。他见我一个人站在校园里，身边有许多行李自己没办法提到六楼的宿舍，就直接帮我把最重的行李搬上了六楼。

还有一位老师姓孙。他遭遇困厄，在"文革"期间遭受迫害，导致残疾。他每次都是坐在轮椅上给学生上课。孙老师给我们讲授的是中国古代史。我们所用的教材就是孙老师自己的著作。他从不曾抱怨，每次上课平静安详，就像他从不曾受过任何的不公，就像他不是残疾人一样。时间过去得越久，我越能理解孙老师，越能体会孙老师内心的强大。内心有定力的人，心是健全的，即使身体残疾，也能活成健全人的样子。心灵有缺陷的人，即使身体是健全的，也会让自己过着残缺不全的生活。孙老师每次在投影上用水笔给我们做笔记时，每个字都一丝不苟，就像他的大部头专业著作，就像他严肃认真的人生。

我在张家口师专还遇见一位女老师，当时也就不到四十岁的样子，姓王。她身材苗条，衣着极其合体大方。我对王老师的了解少而又少。我经常看见老师抱着从学校图书馆借出的一摞又一摞像砖头一样的专业书籍在校园里匆匆走过。

还有一位大学老师，对我影响也很深远，那就是我的班主任武老师。

前几天，在大学同学的微信群里，我看见我班的一名男同学去看望武老师，武老师给他做了一桌丰盛的饭菜。有虾有肉有菜，盘大菜满，浓浓的师生情谊。

武老师作为大学的一名班主任，学识渊博自不必多说。现在，武老师是博士生导师，在学术领域颇有建树。当年，武老师经常到我班同学的宿舍与同学们一起聊天、谈心，鼓励我们努力学习。同学们毕业离校的时候，在学校门口看着我们拿着行李离开校园，叮咛嘱咐的，也是武老师。

2015年，当我的拙作《怎样帮助孩子度过初中这三年》联系出版社即将出版的时候，武老师应我的请求，帮我修改了该书的序言——《好父母常垂问书卷并三省吾身》。武老师不仅将有些文字做了修改，更关键的是补充了一个观点：家庭教育中的错误理念"大而言之，也削弱了国家和民族的发展后劲"。这是我在原作中没有想到的。我只看到了孩子和家庭，没看到家庭组成的国家和民族。站位的区别其实是思想高度的区别。

那一年，我大学毕业二十一年。武老师的关心仍在，教诲仍在。

师专不仅有过硬的师资，还有雄厚的教学资源。比如，图书馆。

师专的图书馆藏书量是多少我不太清楚。我去借书时，看见一架一架的书籍立在那儿，数不胜数。

无论是老师们借书，还是同学们借书，都必须凭借借书证。在登记后方可以把书借走。

图书馆安排有专人负责，帮助学生把书从一架一架书籍里找出来，并进行登记。书籍限期归还，借书日期与还书日期都在书里所夹的卡片上做了清楚明白的记录，以避免书籍在某个人手里呆滞不动，从而更好地发挥书籍的作用。

从图书馆借出的书籍有比较充裕的时间慢慢读完。而阅览室的一些报刊是当天晚上就要归还的短期借阅。

阅览室开放的时间是固定的。好像是每天晚上七点半准时开门。为了能有座位和借上自己想看的报刊，我们吃过晚饭后常常站在阅览室的门口等上二十分钟甚至半小时。只要阅览室的大门一开，我们就冲进去，一眨眼工夫，阅览室书架上的那些书就被借光了。那种抢书读的日子真是很让人回味。

好机会总是垂青那些认真而愿意耐心等待的人。

图书馆数不清的图书是我上大学之前不可想象的。负责图书管理的老师能那么快速地从书海中找出某本书来，也让我很开眼界。我想，图书分门别类的整理和放置也是一门大学问。后来才知道专门有图书馆学。

现在，许多大型图书馆都已能提供智能化的服务。这大大提高了效率，解放了人力。是科技，让我们的生活更便捷、更美好。

4. 仓皇而逃与城市管理

上课的时间之外，还有许多空余的时间可以自行安排。那时，我从宣化纺织站进了一些童袜和儿童背心、半袖，还托人从广州进了一些长筒丝袜，然后在课余时间去售卖。

我所去的地方主要是人口比较密集的楼群附近。当时还没有建立小区，城市居民分属于不同的居委会。

　　有一天，我刚把东西摆开了放在马路旁边的地上，就见旁边推着三轮车卖橘子的小个子动作麻利地把秤盘从架子上取下来，推着车就跑。我还没反应过来是怎么回事，就听小个子说："还不快收拾，城管来了！"我一听，赶快把摆在地上的童袜、背心等收拾起来，塞进大包提着就跑。直到小个子说："城管的车往别处去了。"我才气喘吁吁地停了下来。

　　从那时起，我才知道，城市再大，街道再宽，也不能随随便便就摆摊设点做买卖。我第一次听说了"城管"这个词，第一次感觉到城市的管理也是无处不在的。

　　就在那次狼狈不堪的"仓皇逃窜"中，我进一步树立起了规则意识——公共领域管理人员不在场时自觉遵守社会秩序的意识。在以后的日子里，即使十字路口没有警察，即使马路上空空如也，我也不会闯红灯。我觉得自己是社会一员，维护社会公共秩序，既是维护社会公共利益，也是在维护自身利益。

　　最近几年，张家口建立起了许多集贸市场。一字排开的摊位一排又一排。路边那些曾像我一样"打游击"做买卖的人有了能遮风挡雨的地方，占道经营的乱象也得以治理，城市变得更加整齐有序。而城管，再也不是过去那种花费大量时间和精力来与流动商贩"斗智斗勇"争吵对抗的关系，而成了提供管理服务的人群。这种正常状态的回归无论是对人还是对城市，都是进步和提升。

5. 专业与专业之外

我小学没有学过英语。接触英语是在上了初中以后。由于在初中遇到了孙长江老师，高中遇到了田小平老师，这两位优秀的英语老师让我对英语这门语言的浓厚兴趣一直持久保持。高考填报志愿，我首先报考的是张家口师范专科学校英语系。可惜的是，虽然我总分合格被学校录取，但由于英语成绩比提档分少了一分，被调剂到了政史系。

什么都是命运的安排。

既来之，则安之。

政史专业的学习让我有机会对政治经济学和中外历史有了一些浅显的认识。对于英语的热爱一直存在心里。后来，我在张家口教育学院进修第二学历，进修的就是英语。

我有好几位高中要好的朋友考到了师专中文系。这样，我就有机会和她们一起去观看中文系的电影欣赏课，也有机会看中文系同学们的书籍。

通过这样杂七杂八的学习，我明白了一个道理：人学得越多，越知道自己对世界的了解很有限，才知道知识渊博的人，比如我遇到的那些大学教授，为什么都那么谦逊有礼，而那些无所畏惧、恣意妄为的人大多没有学识。

也是在师专，我开始有时间和心情静下心来回顾自己

229

以往的生活，并将它记录下来。当时是1991年。距离现在已有近三十年。比如，本书中的《笔名"清泉石"的由来》《旧信重拾》都是那个时候写出来的。这种随想随记的习惯一直持续到现在。记录的事情都是凡人琐事。记录的好处在于它能让我自说自话，回味自己的生活，并时常警醒自己。

没有思考，就没有真正的生活。

这是我最近几年才悟出的道理。

6. 未深造

1994年大学毕业之后，我除了完成第二学历英语专业的学习以外，再也没有在专业上有所进取。参加工作之后，我的生活立刻进入了另外的场域和模式。结婚、生子，养育孩子。

人的精力毕竟有限。

人的能力也毕竟有限。

生活自然需要有所取舍。

尽管在专业上再没有什么大的进步，但让我宽慰的是，我一直没有停歇学习的脚步，没有虚掷宝贵如金的光阴。

每走一步，我都是认真而严肃的。

大学三年，倏忽而过。在我看来，与中小学相比，大学之大，不仅在于教学大楼鳞次栉比，更在于有大型图书馆和一大批学识渊博的高级知识分子。这是物质硬实力和文化软实力的集聚地，无形之中对青年人是一种更高层次的引领。引领青年向往更高的平台，向更高的理想目标迈进。

7. 学生时代的回想、回响

1994年7月，我跨出张家口师范专科学校的大门，十七年的学生时代就这样顺利地结束了。

十七年的岁月，把我从一个对世界和自己都毫不了解的孩童，打造成一名有一定知识和能力、有责任心和正确价值观的真正的人。十七年间，有太多人的真诚相伴，也让我看到了太多人的艰辛和努力。

我上二年级时，也就是1979年，改革开放刚刚拉开序幕。饥饿与贫困的小学生活，是一支粉笔、水泥桌凳的学习环境；是食物不足，不讲营养与健康，又无书可读，物质与精神营养双重匮乏的生活状态。但由于有父母和老师们的尊重与爱护，我得以快乐成长，童年充满了温馨的回忆。

1983年到1987年，初中四年，学校始见幻灯片与幻灯机，还有录音机播放英语磁带。物质渐丰，开始有书可读。

1987年9月到1991年7月，高中四年，录音机使用非常广泛。大学之前的这些日子，是我成长的黄金时期，虽一直身处相对落后与封闭的乡村，信息贫乏，眼界狭窄，但朴素的环境涵养了我踏实肯干、勤奋忍耐的品格。

1991年9月到1994年7月，大学三年，大型图书馆让我有机会博览群书，读自己喜欢读的书。在大教室里我还观看了许多影片。物质食粮与精神食粮都是充裕可供挑选的。这在大学之前的生活里是不可想象的。虽然由于条件与思想所限，我仍然缺乏科技意识，对科技馆、博物馆从未有过接触，但毕竟生活场域不断扩展，身体和心灵都随之丰盈。这一切的变化都源于改革开放的推动和促进。

在这十七年的学校教育中，老师们是敬业的，师生之间是和谐友善的。虽然教学理念和教学水平并非都先进与高超，甚至有些老师的教学及教育水平都很平常，在知识、能力上有欠缺甚至是落后的，但他们没有体罚，没有侮辱性语言，用民主平等的方式对待学生。老师们宽厚友爱、敬业负责的品格深深影响了我的性格。

在这十七年的家庭教育中，父母对我并没有什么高远的培养目标。他们持的是一种顺其自然、尽力而为的态度。父母由于时代使然，缺少见识，在狭隘闭塞的狭小空间里，没有给我提供接触家乡以外的世界去开阔视野的机会。但父母秉持着敬老爱幼、友善邻里、为人诚信、吃苦耐劳的优良传统，也很好地濡养了我的优秀品质，为我的人生指引了方向。在我看来，这是最重要也是最可宝贵的精神财富。

感谢我的老师们，也感谢我的父母，帮助我建立起了充沛的人格。

回顾学生时代，我清晰地看见了自己在国家培养下的成长，也看见了国家改革开放背景下的民渐富、国渐强。

从生产队到联产承包责任制；从城管四处驱赶商贩到提供商业店铺，对立到管理再到服务，这是制度的完善，也是社会的进步。

知识改变命运。

我从小读书，大学毕业后教书，教书的闲暇之余又写书。可以说，书籍像食物一样，是我生活中必不可少的有机组成部分。我过的是平淡而朴素的生活，一如我喜欢读的老舍和汪曾祺等许多优秀作家的那些作品。

我的那些同学——小学的、初中的、高中的、大学的同学，不论是否像我一样坚持到大学毕业才离开校园，但他们与书的关系，有的完全隔绝，有的十分疏远，只有很少的人像我这样，几天不看书就觉得空落落的。

其实我挺羡慕我的许多同学们。他们的生活更随心所欲，因而更丰富多彩。

我见到的许多人，他们有的以耻为荣，有的严肃认真；有的穷困潦倒，有的官运亨通；有的吃着低保，有的财源滚滚……

而我，薪酬微薄但稳定，这让我很安心。我的职业可以塑造人的灵魂，可以培育人的精神。我的写作爱好，又与创造有关，与心灵有关。

我庆幸自己有长达十七年的学生时代。这期间，有无数德才兼备的老师谆谆教诲、榜样引领，有无数品位、文采兼具的优秀书籍滋养，使我人生方向不曾模糊不清，而始终是明确而坚定的。

1994年7月，我大学毕业，结束了我的学生时代。

1994年9月，我参加工作，成了一名教师。我的工作时代就此开启，人生翻开了新的一页。

杏

杏，是最早也是唯一一种出现在我童年记忆里的水果。

在我的家乡，杏树最多。枣树和李子树偶然在左邻右舍的墙角处看见那么一两棵。

我小时候的玩伴里，有一个我应该称她为姑奶奶的孩子，叫小枝。我们年龄相仿，所以我总是以名字称呼她。

她家有个不大的院子，两间简陋的小土房。小枝妈身体有病，状态最好的时候也不过是拄着拐杖，挪到院子里，坐在一个四条腿的高板凳上晒会儿太阳。她平时大部分时间都是坐在炕上的。

那时，我少不更事。我很奇怪小枝妈年龄不算大，为什么那样行动不便。后来听说，小枝的姥爷去世，小枝妈伤心过度，在坟茔上痛哭，出了一身汗，突然起了一阵大风，把她一身汗吹落了，自此就落下了病根。

小枝妈行动不便，自然不敢像常人那样随便想吃就吃、想喝就喝。她很克制自己，以免去上院角的厕所时不方便。

我常听小枝妈说自己口舌长疮，嘴疼唇裂。她嘴里常含着冰片之类用来清热泻火的药。

小枝家的院子中间，有一棵杏树。小时候，我觉得那棵树很高，等我长大了再去看，才发现它其实很矮小。

有一年夏天，这棵树开始挂果，结了好多小毛杏。我们一群小伙伴在院子里玩，过来过去常站在树下瞅瞅那些毛茸茸的小杏，看它们长大了没有。

哪一颗杏结在哪一根树枝的什么位置上，哪一颗杏跟哪一颗杏挨着，我们全都清清楚楚，就像清楚自己有几根手指一样。

日子就在我们毫不动脑、从不思考的懵懂中一溜烟地过去了。

小毛杏终于在我们无数次的观望中，从绿豆大小长到了成熟的栗子般大小。

"怎么还不变黄呀？"

"它们也长得太慢了！"

"多会儿咱们才能吃上呢？"

小枝妈每天习惯坐在炕上，有事没事透过玻璃窗向外看。我知道，她其实并不是看着她的杏树，但我们想吃杏就是不敢说，也不敢在杏子还没成熟时就胡乱摘。我想，换作现在，即使杏没成熟，可能妈妈们也会问孩子："你想吃酸杏吗？妈给你摘几个。"不过又想，那时，我们眼里馋着那些杏，又没跟小枝妈说，人家怎么会知道呢？

一天，小枝和我商量："咱们白天摘杏，我妈肯定不让。要不，咱们晚上去偷我们家的杏吧。"

我虽然心里知道那样做不对，但想到树上那翠绿如玉的可爱小杏，还是点了点头。

那天晚上，我们故意玩得很晚。我们俩躲在大门口的门垛后边，隔一会儿就偷眼往小枝家里看看。只见小枝妈坐在炕上，不停地扇着扇子。小枝小声说："我妈怎么还不睡觉呀，等得我都不耐烦了。"

终于，我们看见小枝的爸爸从炕上站了起来，把中间那扇用木棍支起来透风的最大的窗户放了下来。小枝高兴地说："我妈他们歇着了，一会儿咱们就可以摘杏了!"

在朦胧的夜色中，我和小枝悄悄地推开小园子的篱笆门。小枝刚迈进小园，突然往后退了一下。我看了她一眼，没敢说话，用眼光询问她："怎么啦?"小枝低声说："好像挂破袄了。"

我们高抬着脚，用手扒拉开一片又一片高高低低的菜叶，蹭到了树底下。小枝摸着黑，在影影绰绰的树叶中间摸索。摸到一颗，就一手护着树枝，一手轻轻地把杏摘下来，不让树枝和树叶发出一点儿声响。我撩起花袄底襟当篮子使，一颗又一颗，我的心突突地跳。

我伸出左手，往后拽小枝，意思是"够了"，让她别摘了。小枝没听我的，又摸索了几颗。

我袄底襟兜着酸杏，蹑手蹑脚地从小园里退了出来。小枝反身把篱笆门的铁钩挂好，悄无声息地来到了巷子外的大街上。

"哎呀，憋死我了！"小枝大口喘着气说。

"哎呀，吓死我了！"我也大口喘着气说。

我们哈哈大笑起来。

我们俩迫不及待地每人往自己的嘴里放了一颗杏，一咬，马上就吐了出来：那个溜溜地酸呀！那个柴！还带着苦涩味儿！

"怎么是这个味？咋办？"我问。

"扔了！"小枝毫不迟疑地答。

"真是可惜了了。"我俩异口同声地说。

第二天，小枝因为新做的花布袄被铁丝钩了一个大口子，狠狠地挨了一顿数落。

日月如梭，我和小枝都长大了。再后来，我们都有了孩子。当我带着我的儿子去小枝家串门时，小枝妈的白发更多了，背也似乎更弯了，她躺在炕上的时间比坐着的时间长了。

有一天，老人和我们闲聊，说，邻居的一个小孩一天午后偷偷摘她家树上的杏："他跳一下够不着，再跳一下还够不着，我悄悄地看着他差点儿笑出声来。哈哈哈！"老人爽朗地笑起来。

我说："太太，我们小的时候，和姑奶奶也偷摘过您家的杏，您知道吗？"

"那天，我们刚躺下……"老人没说完就又笑了起来。

"那您为什么不阻止我们、呵斥我们呢？"

"黑天半夜的，一喊，不就吓着你们了？几颗杏，谁想吃就吃吧。不过，你们不该偷偷地摘呀。那些杏还不熟，全扔了吧？"

我们都笑了起来。

后来，小枝妈搬到小枝的新家去住了，小院渐渐荒废。那棵杏树年年依然该开花开花，该结果结果。杏熟了，黄灿灿地落在地上，也没有人去捡。

前几年，小枝妈和小枝爸先后离世，许多经常去她家串门的邻居们都觉得很失落。我在外地工作，虽然不常回去，也时常怀念起两位老人慈祥平静的面容。小枝妈虽然瘫痪多年，但她从不抱怨生活。他们一家待人都和和气气，只要谁家需要帮忙，小枝和小枝爸就毫不迟疑地全力以赴。他们过着简单、朴素、沉静而有爱的生活。

如今，我妈买下了这个小院，在原来两间旧房的地基上新建了三间大正房。塑钢门窗、瓷砖镶嵌、宽敞明亮。那棵杏树由于建房时车辆拉砖弄沙有些碍事，就没有留下。每每想起来，总觉得很遗憾，很遗憾。

样边长城下的古村落

在我小的时候，经常看见我妈或邻居家串门的婶婶们互相找鞋样儿。鞋样儿不过就是一张纸剪成的。鞋样儿大多数时候都夹在旧书本里，以免折坏了不好使，用的时候才小心翼翼地拿出来。按照鞋样把布剪好了，就是鞋面儿。等用细麻绳把鞋面和一针针纳出来的鞋底锥在一起，一双结实的布鞋就做成了。

所以，我自小就知道鞋要做得好，必须有好鞋样儿。

修建长城也要打样，是我从来不知道的事。直到我去了河北省张家口市怀来县县城东南燕山脚下瑞云观乡的大营盘村。

汽车在盘山公路上小心翼翼地向上爬行，车窗外秋意正浓。远望，连绵起伏的山峦如万马奔腾，又似绿浪汹涌。近看，草树茂盛，只要将手伸出窗外就可触到它们。转过几道弯，山势渐高。极目远眺，一片水波铺在蔚蓝的天底下，亮亮的，那是官厅水库的水波在荡漾。车行数米，转眼就消逝不见了。

大营盘村，因紧挨大营盘长城而得名，建村已一百多年。它海拔1050米，年均气温9℃，处于温带季风气候区，雨热同期。

在一块块肥沃或贫瘠的土地上，玉米、高粱、谷黍、马铃薯春华秋实，编织着似锦繁花，养育着一方百姓；海棠、香果、苹果、核桃、杏扁春时花海如云，秋时硕果满枝，香浴着条条沟壑，座座丘陵。

这样的风景虽美，但不是最独特的，也不是我最想告诉大家的。我浓墨重彩想说的，是那独特的、一路迤逦山峦间恰似长龙蜿蜒穿行的大营盘长城。

顾名思义，大营盘即规模较大的营寨。怀来县的大营盘曾是明长城守边屯兵的营寨。大营盘长城是明长城的一段。据有关资料显示：明开国大将徐达修筑和镇守八达岭居庸关段长城时，为保证建筑质量，特地选择大营盘崇山峻岭中的险要地段作为长城的示范工程，供负责修筑长城的人参观采样，以此来标定长城的质量和规格。大营盘样边长城堪称精品，同时又是战略防御的重要关卡。它东接坊口村踞虎关段长城，西南接庙港村样边长城，全部石块垒砌，整齐匀称。石条一般长66—110厘米，厚30—40厘米，城墙整齐划一、美观大方、高大雄伟。垒砌的石条高达17层之多。墙高5.7—5.8米，城墙有几处随山形呈"S"形，线条圆转流畅。墙顶宽达5米，上面全部用薄石板铺设，靠墙沿的石板向外延伸6厘米。在长城内侧每隔百米就有一个由地面登上长城的门洞，门洞宽0.9米，高2.2米。由门洞进入，登上侧面的石头台阶，便可登上长城。进入长城的上口为长方形，长4米，宽1.1米。有的一侧设台阶，有的两侧设台阶，现只存零散的残砖。递隔30米就有一个凸出墙面的石砌台基，台基上的城楼已被毁坏。特别值得一提的是，在大营盘西山低洼处，修筑了水门，主要是泄洪之用。由于地势险要未遭破坏，现保存基本完好。

大营盘长城还有一个十分独特的地方。在长城以外的南北两侧的外侧，距长城4米的地方，各有一道单层的石墙，与长城相平行，高2—3米，也有石头垛口。长城和石墙20米远的地方，可以看到一条人工开掘的深沟，被称为边壕沟。在长城附近陡峭的山头上堆放了成堆的石块，称为"礌石"，交战时用来打击敌人。长城、石墙、壕沟、礌石构成了完整的防御体系。如此宏伟浩大的国防工程，现在虽已失去了防卫作用，但屹立不倒的存在向世人无言地诉说着主权的凛然不可侵犯。这是昭然宣示，也是坚决态度。

大营盘村卧于崇山峻岭之中，地势既偏又远，交通困难，自然带来诸多不便。如今，村中大部分人口都已迁移到乡林场安置。目前只余九名年逾花甲的老人与大山为伴，与长城互相瞭望。他们是大营盘村记忆的维护者，他们在，记忆就在，乡愁就在。只是山岭深处的守望也不乏无奈和孤独。

　　近年来，在当地政府的大力支持下，以自然、人文、民俗、生态为基调的大营盘旅游综合开发取得了良好效果。大营盘村年平均游客达十万人次，不仅有户外徒步的驴友、摄影爱好者，还有身背画夹的画家等。他们的到来让长城下濒临消失的古村落寂寞不再，热闹了起来。

养猪记

春节过后，有个养猪的朋友来到我家。闲聊中，谈起在当今时代，单靠微薄的工资难以应对生活。在他的建议和鼓动之下，我们决定养猪。

说干就干。买木头、买砖头、买水泥。几天的时间，猪窝就搭好了。它面南背北，就着地势依坡而立。铁皮栅门，红砖墙，高台上砖墁地，用作"卧室"。低处水泥地面作为"活动间"，上下有"楼梯"连接。

第二天中午，小猪崽就买回来了。七只敦实可爱的小家伙——一律白色的长白山小猪崽。它们身材修长、曲线优美，浑身上下没有一根杂色的毛。来到了新地方，很是新鲜。嗅来嗅去，偶尔含起地上的石灰粒嚼嚼。我们用碘伏给猪窝和饮食器具消了毒，就开始喂养起米。

刚断奶不久的小猪，需要高营养的食物。用比小麦粉还贵的"正大"饲料喂养了一个月之后，小猪个个圆溜溜、胖嘟嘟，长大了不少。之后开始喂食掺了米糠、麦麸和粉

244

渣之类的混合饲料。除此之外，我们还给它们添加新鲜的青草，比如黄花的蒲公英、碧绿的山菠菜。它们争着抢着大嚼。卷曲的小尾巴悠闲地晃来晃去，还不时地抬起长睫毛的大眼睛看看我们。好像在说："真香！真香！"

不到两岁的儿子每每看见我们拔草，也用小手去拽草叶子。我问他："拔草干啥？"他说："喂猪猪！"我又问："宰了猪猪吃什么？"他说："吃肉肉！"

夏天阳光炙烈的时候，我们就用树枝和一种长得很高的野草为猪搭凉棚。猪儿很聪明。它们在绿荫下乘凉，吃喝拉撒都在下边的圈里，吃饱喝足就去台上的"卧室"，亲密地头挨头、背贴腹挤在一起打盹。

它们也很友好。每当我去倒猪食的时候，胆小的猪儿就远远地躲在上边窥探，胆大的猪儿总喜欢用它们的长嘴巴拱我的腿。人常说：猪傻，咬住人不会松口。其实，如果它知道你没有恶意，绝对不会无缘无故伤及无辜的。

有两只脾气暴躁的猪，很霸道。每次吃食的时候，它们都把身子横在食槽前面，甚至站在槽子里，不让别的同伴吃。我用木棒敲打它们结实的背脊，它们都毫不理会。吃喝上抢得多，自然长得就快。生性懦弱的猪，不是从大猪的腿缝里急急地叼一口食到别处去吃，就是远远地站在一边，"静候"大猪"用餐"完毕去"休息"时才惴惴不安地下来进食。于是，大猪与小猪的个头儿越差越远。后来我想了一个好办法：喂食的时候单拿一个小盆盛上猪食放在一边让那个最小的猪吃。尽管这样，那头最小的猪最后也是头大身子小，典型的"营养不良"型身段。

天气越来越热，猪也越长越大。为了不让它们过于拥挤，我们在猪窝旁边又盖了一个小猪窝。二者相距不过一米。分窝的时候，把四只大猪放在一起，另外三只关在新窝里。你猜怎么着？尽管它们在一起的时候，为了争食争水激烈"争吵"，甚至强壮的猪将弱小的猪的耳朵咬得鲜血淋漓，分开了，竟然都聚在栅栏门前，不停地用它们的头砰砰地撞门，还大声地叫个不停。如此种种，整整好几个晚上不得安宁。它们竟然也不愿"分离"呢！

八月十五日渐临近，市场行情忽高忽低。猪都长到二百多斤重了。我们决定先宰杀几头。那天早晨，帮忙的朋友都来了，杀猪所用的器具也都准备齐全。我躲在家里不敢看。

猪从猪窝里被抓了出来。我原以为它们会叫得很响，没想到那么大的猪，被三四个强壮的男人往石板上一摁，竟一点儿也动弹不得……

剩下的四头都卖了活的。买主来的时候，拿着又粗又长的绳索，提着带铁钩的木棒，把四头猪赶得满院乱跑。瞅准了，就像套马索套马一样，一下子就用铁钩子钩住了猪的下巴，猪疼得大声嚎叫，叫声让空气都震颤。它们拼命地挣扎、后退也逃跑不了，鲜血滴滴答答。我强烈抗议那些人打它们，买猪的人冷冷地说："不打它们，能逮得着吗?"我无言以对。

我想,以后我再也不想养猪了。看到它们不可避免的结局,我实在不忍心。有人说我:"你真行!既能教书,又能养猪。"不知是夸我还是什么别的意思。

我觉得劳动光荣,没什么丢人。不像有的人,生于乡村,长于乡村,一旦进了城,就变成"城里人",瞧不起自己的祖宗和乡亲了。

遥远的思念

"这个世界上，我最牵挂的就是我妈。"当我与爱人初次相识时，他说。

懂得牵挂自己父母，说明他心中有爱，值得信赖。我们渐渐走到了一起。

十年前，抱着刚刚一岁的孩子，乘火车、轮船、汽车，几经辗转，终于回到了他久别的家乡，见到了我的婆婆。她六十多岁，瘦小、精悍、精神矍铄。那大敞着的高大、厚重的木板门，鸣放着的热闹的鞭炮，迎接我们的归来。

南方天气炎热，所以房屋高大，易于空气流通。婆婆就在这样宽阔高大的老屋里，度着属于她自己的孤独岁月。

见到我们，婆婆欣喜万分、忙碌万分。进屋没多久，热气腾腾的米粉就端上来了。粗瓷大碗，盛得满满的，数枚荷包蛋卧在上面。我想，自从得知我们要归来，老人不知在村口瞭望过多少次；又尽其所有，准备了多少天。那种盼儿盼孙的心情只有做了母亲的人才知道，只有远离亲人多年的人才知道。

一岁的孩子刚能吃饭。婆婆趁我们走亲戚不在家，精淘细炒，准备了许多花生仁、绿豆、芝麻、糯米，背着去很远的磨坊磨面。路远，磨面的人又多，婆婆直到很晚才回来。受了累，可能又着了凉，当晚，多年未愈的哮喘就张狂起来。吃药、输液全不管用。婆婆憋得喘不上气来，常常挂着枕头，半夜半夜地坐着，不能安然躺下睡觉。她身体越来越瘦弱、脸色越来越憔悴。每当我为她端水端饭时，婆婆总是赞不绝口，好像那不是我应该做的。

婆婆一点点地好起来时，天气也渐渐暖和了。南方的冬日，总还是有些凉意，夹杂着浓浓的湿气。在屋前的空地上，我们坐着竹椅，和婆婆一起喝茶、聊天、晒太阳。近旁竹树青翠，鸟儿林叶间跳跃鸣唱，鸡群竹林下捉虫寻食；池塘里波光微漾、鱼虾畅游；池塘的堤上，荷锄荷担或牵着牛的人不时走过……那是婆婆与我们相处最长最愉悦的时光。如今想起就像昨天一样，而时光却已悄无声息地流淌了十年。

当我们因工作归期越来越近时，婆婆因不舍而茶饭日减，还经常背着我们暗自垂泪。我劝她不要伤心，她哽咽着说："我身体不好，你们这一走，恐怕再也见不着你们了。"那一刻，我觉得，因为我把婆婆的儿子留在了北方，使得她数年来思儿、盼儿，有儿见不上，孤独、凄凉，我心中充满了歉疚。

从南方回来，我们经常给老人写信、寄钱。后来电话普及了，就经常打电话。每次收到我们寄去的钱，老人总是打电话过来，絮絮叨叨地不让我们寄钱回去。她总是说："你们孩子小，花钱的地方又多……"

三年前，一生勤俭、一世善良的婆婆终于摆脱了多年病痛的折磨，永远地离开了她那空阔、寂寞、冷清的屋子，也永远离开了她日夜思念与牵挂的我们。自分别之后，她再也没有见过我。路途遥远、交通不便、孩子幼小、工作繁忙、经济拮据……就这样一拖再拖。"哪里想到我妈会这么快就走呢？"现在，交通方便了，孩子长大了，工作不忙了，经济也不那么拮据了，可是那慈祥的老人却不在了。

在这遥远的北方，在这塞外山城的春日里，听着窗外呼呼的风声，我写下了这些朴素的文字，怀念我那逝去的婆婆。寄托我的思念，表达我的歉疚，并请她放心：她的每次因思念母亲梦中哭醒的儿子很好；她的孙子也像翅膀变硬的小鸟，已学会了独自飞翔。而我，能在工作和生活之余，写下一些我所想写的文字，能读些我所想读的书，也觉得很幸福。

遗憾的和不遗憾的

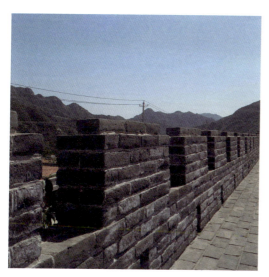

样边长城

你还在我身旁

遗憾的和不遗憾的

距离高考仅剩三十天，正是高三学生冲刺的重要时期。高考结束之后，一些自主招生报名的考生将参加相关院校的笔试和面试。去年我家孩子参加自主招生考试的那些曲曲折折，现在想来依然历历在目。

自主招生，是国家的一项重要的非常人性化的高考政策。它实行的目的就是为了让考生和学校最大限度地实现最优化的双向选择，既利于人才的方向性和择优培养，又利于高等教育优质资源的高效利用。实现"学生进了想进的门，最终成为愿望中的人；高校招了想招的生，最终培养了期望中的生"。

具有面向全国实行自主招生资格的院校数量有限，每所高校自主招生的名额也非常有限。谁一旦有幸通过自主招生的初审、笔试和面试三大考验，则可以享受到最高三十甚至四十分的优惠分数，那绝对是天大的福分。

我的孩子去年高考，自主招生申请了三所大学：华南理工大学、武汉理工大学和成都电子科技大学。当时报考这三所大学，主要出于以下考虑：

一、孩子生于北方，长于北方，一直在北方的天地里生活。如能去南方的大学读书，不仅可以体验南国风情，还可增加一些人生阅历，拓宽一下视野。

二、华南理工大学是"211""985"大学，也就是国家重点大学，有许多专业全国排名都位于前列。它位于华南地区的广州，当地经济发达、交通便利、城市开放，往往得天下发展之先机，就业市场广阔，前景十分良好（一般来讲，企业和部门大都非常认可当地的大学毕业生，这一点也是很有意思的，家长报考志愿时应考虑在内）。

三、成都电子科技大学的所在地成都，是有名的休闲城市。最关键的是，在电子科技领域，成都电子科技大学是排头兵。

四、武汉理工大学所在的武汉，因处九省通衢之地，历来就是重要城市。另外，由于孩子的父亲祖籍之地距离武汉不足一百公里，武汉有他众多的亲朋好友，人脉资源丰富，将来工作上或生活上都便于相互照应。

一个多月过后，我们陆续收到三所高校对孩子所报资料的初审结果。武汉理工大学和华南理工大学都高分通过。权衡再三，我们决定去参加华南理工大学的笔试（所有自主招生的笔试时间都是统一的。考生只能选择一所大学去参加自主招生考试）。

张家口距广州，遥遥两千多公里。我们觉得这次考试十分重要，所以决定陪同孩子前往。

我们先乘坐飞机从张家口直飞深圳，然后又从深圳乘高铁至广州。深广之行，是我们一家三口第一次乘飞机和高铁。说来惭愧，我天生好静，不喜奔波。这些年有朋友多次邀约旅行，我都婉言拒绝了。经济上的考虑是一方面，孩子学业紧张、我工作时间不凑巧也是原因之一。我总觉得没时间、没精力、没金钱、没心情出去游玩。

乘坐飞机和高铁的经历，让我深切体会到科技进步的无穷力量，也让我看到国家实力的显著增强，内心真是既感慨又自豪。

在网上预订的旅馆，远没有图片上看到的好。楼道狭窄阴暗，房间小而局促。我们将行李放好，就满怀期待又迫不及待地去往学校。

即便是现在回想起来，我依然十分喜欢华南理工大学。它的大气和美丽其他许多地方的大学与之相比可能都会稍显逊色（当然，每所高校都有其独特优势）。这与广东省发达的经济和开放的地理位置密切相关。比如，在寸土寸金的许多城市，就不可能用那么大的占地面积来修建人工湖和绿化美化。华南理工大学随处可见挺拔成行的大树，有的树上还结着硕大金黄的杧果。有个大学生见我儿子盯着他手里的杧果看，就说："你是不是喜欢吃杧果呀？给你吧。"儿子十分高兴，把杧果拿在手里，闻了又闻，舍不得吃掉。那是我们吃过的最清香怡人的杧果，比我们买到的在市场上辗转多日的杧果强似百倍，让人至今念念不忘。

走进华南理工大学的校园，就像走进了原始森林一般。但走出树荫，人就像烤箱里丝网上的鱼，四面受着烘烤。再加上我们那几天奔波劳累、饮食不周、精神疲惫，所以，越发觉得酷热难当。

过后再想，如果当时我们先在旅馆里吃些东西，休息休息，再去学校，就不会那么疲劳不堪、饥饿难耐，也许就不会觉得那种炎热难以忍受了。（广州人口已逾千万，人家不都生活得很好吗？）这些都是后话。为什么说，人总是越活越聪明。原因就在于，经历多了，经验也多、教训也多，凡事就更能应对得当了。

儿子说："每天都穿着潮不拉叽的衣服，走到哪儿都有大风扇嗡嗡地吹着，我可不想在这儿上大学。"

在广州和深圳，我第一次看到几乎和北方人家房顶上信号接收器一样大的电扇。而且，许多场合电扇都是两个一起使用，在同一个房间相对的墙角里对着吹。其实，即使儿子不说这话，我心里也在犯嘀咕："天气这样潮热，要是他不能很快适应，怎么办？"我认识的一个熟人的孩子，从北方考学到杭州读书，适应不了那里的气候，浑身长满皮疹，怎么医治也难以见效，最后不得不复读重考，波波折折十分麻烦。所以，我当时也在想，如果不适应当地气候，四年的大学生涯恐怕不会太愉快吧。

所以，当孩子说不想在那里读大学的时候，我马上同意说："行，随你。我们什么时候都尊重你的选择。是你上大学，当然得你舒心可意才好。"

孩子的父亲提出不同意见说："既然大老远地来了，明天就考考，即使不来这儿读大学也不碍事嘛。"

"都决定不在这儿上学了，还考什么？不如早早回去吧。"我在许多时候，总会有意无意固执地站在孩子一边。事实上，孩子父亲的考虑更理性。只是事关孩子的大事，他也不好太强求。

大家可能会说，你这是不是有些太惯着孩子了？

我是这样想的：

如果让我待在一个我不适应的环境里，让我坚持四年，我肯定也会很不爽的。推己及人，所以我不反对孩子做出他自己的选择。作为母亲，我不希望我的孩子成为那种习惯于被安排的人。人都应该充分享有规划自己人生的权利。虽然，放弃笔试，就等于放弃了完全可能获得的天赐良机。要知道，一旦能通过自主招生的笔试面试，将会有最高三十至四十分的优惠分数。这绝不是小事一桩，而是关系终身的大事！

回过头来看，那步棋还真是走对了。现在，孩子在另一所重点大学读书，心情愉快，充实而忙碌。学校同样有优美的环境、雄厚的师资力量、先进的技术设备。宿舍不远处，碧波荡漾的大海在蓝色的天底下涌动。温度适宜，空气洁净，作为人口不太密集的旅游胜地，城市管理井然有序，城市是干净的，也是安静的，极少有商家开喇叭、放音响吵着做买卖的。这个城市也是让人一看就喜欢的地儿。

通过这件事，我获得了一个经验，当面临选择的时候，要持这样的态度：符合自身实际情况的选择就是最好的选择。这好像跟谈恋爱结婚有点儿类似吧。

在这件事上，我唯一的遗憾是，如果我们在孩子上初中的时候，就有意识地阅读高考填报志愿、介绍大学的书籍，大概做些了解，再利用节假日，带孩子多去一些心仪的大学实地感受一下就好了。那样，就不会浪费掉宝贵的自主招生考试的机会了。只可惜，覆水不能再收，时光不能倒流。今天我把自己的这些感受写出来，也许会对他人有所提醒吧。只要有钱、有闲，我们就要多带孩子去全国各地的大学参观体验一番，尽早谋划，就少走弯路甚至不走弯路了。

放弃那次笔试是我和孩子这辈子都感觉遗憾的事。

"横看成岭侧成峰"。从另一角度看，我尊重了孩子的意愿，使他能在身心愉悦中度过大学四年的美好时光。想到他在老师们的精心培养下，孜孜以求，定能不辜负父母的殷切期望，学业有所成，我的心又是欣慰的、不遗憾的。

世上事，有得必有失，有失必有得，真真是得失并存呢。

以古鉴今，烛照未来

历史曾是现在，现在也都将成为历史。

像我们一样，历史上的那些人也曾经面临着种种困惑和难题。解决困惑和难题的时候，他们也像我们一样，有的顺顺当当，有的绕了弯路，有的犯了错误，有的悔不当初。

比如，在教育子女方面。

那么，在家教方面，历史上的人们留给后人哪些宝贵经验和可供吸取的教训呢？

不深入研究史书的人，绝对不会知晓这些经验教训；研究史书而不深究家庭教育的人，也不会说出个子丑寅卯来。而鞠锋老师的《三国人物家庭教育启示录》正是一本将历史研究与家庭教育深入思考巧妙结合的优秀著作。没有多年的沉淀与积累，没有宏观把握和微观探究的能力，没有严肃认真的态度和持之以恒的毅力，绝不可能产生高度与厚度如此兼备的精品。

谁都明白，创作是一个辛劳与幸福并存的过程。什么样的态度，成就什么样的作品。作品的生命力源于作品本身，就像人的持久魅力不在于外表而在于内在品质一样。

在这本装帧朴素、内容丰富的书里，作者不动声色，用言简意赅的笔墨为读者解读了三国时期那些为我们所熟知或不太了解的历史人物作为家庭教育或者被教育者的命运。真是幸福有幸福的道理，不幸有不幸的原因。剖析如此到位，思想如此深邃，让人不得不叹服。我常常打开书来，将同一篇章细读数遍；也常常仔细品味书中那些提纲挈领的小标题；书中的那些小故事，也常常在我心中盘桓不已，令我久久回味；我也常边读书中的故事，边在心里默默对照自己在家庭教育过程中的一些行为，对照之下，不由得点头默叹："嗯，确实是这个道理。"

真正爱思考又肯沉下心来实干的人，不论在任何时代，都是令人尊敬的人。

知古可以鉴今。鉴今是为了把今天的事情做得更好。今天的事情做好了，自然就为未来的幸福奠定了基础。哪怕是做好一件小事，它也会像烛光，照亮未来，因为它指引的是正确的前行方向。

家庭就像海上的行船，方向不明、掌舵不稳、乘船人不团结、不守规矩，都有可能使家庭这艘小船陷入万劫不复的危险境地。而父母就是掌舵人。现实情况是，坐在掌舵位置上的那个人，有多少是经过专业培训、熟练掌握技巧的呢？又有多少是心不在焉，不知船下就是深渊的呢？

又有多少是醉酒驾驶不计后果的呢？又有多少性格有缺陷、人品有问题，完全就不配或者说没有资格坐在掌舵人这个位置上的呢？又有多少能对生命心存敬畏，以尊重为爱来教育孩子的呢？

有些孩子一生下来就被视若掌上明珠，珍爱有加；有些孩子自来到世上就被看作人生拖累，无端抛弃。所以，有人站出来说："做父母就要无条件地爱孩子，不抛弃孩子；做父母就要一碗水端平；父母要培训，家教要科学；做父母就要……"发出如此肺腑之音的鞠锋老师怎能不让人肃然起敬呢？

如果一个人的漫漫求索能使父母们的家教由警醒、惊心而更尽心，我想，受益的不仅仅是孩子们，更有家庭，甚至社会吧。

一句话，这是一本在家教领域以古鉴今，能烛照未来的好书。

咏汨罗江畔行吟者

心怀社稷多忧愤

腹有华章少知音

江畔行吟楚山闻

说与后人千载诵

2017年8月，《中国教师报》"传统文化QQ群"中刊发纪念屈原的征稿启事，我思绪万千，写下了以上诗句。

屈原，生活在战国时期，距今已两千余年。千百年来，不仅中国人民一直没有忘记他，世界上许多其他国家的人民也时时想起他，原因何在？

据史料记载，屈原出生于楚国丹阳（今湖北宜昌），少年时受过良好的教育，博闻强识，志向远大。早年受楚怀王信任，任左徒、三闾大夫等官职，兼管内政外交大事。他对内主张举贤任能、修明法度，对外主张联齐抗秦。因一些举措触犯到了贵族的利益，故而遭到贵族排挤毁谤，先后被流放至汉北和沅湘流域。秦将白起攻破楚都郢（今湖北江陵）后，屈原怀沙自沉于湖南的汨罗江，以身殉国。

屈原是中国历史上第一位伟大的爱国诗人，也是浪漫主义文学的奠基人，《楚辞》的创立者和代表作者。他开辟了"香草美人"的传统，被誉为"中华诗祖""辞赋之祖"。屈原的出现，标志着中国诗歌进入了一个由集体歌唱到个人独创的新时代。屈原的作品主要有《离骚》《九歌》《九章》《天问》等。以屈原作品为主体的《楚辞》是中国浪漫主义文学的源头，与《诗经》中的"国风"并称"风骚"，对后世诗歌产生了深远影响。

1953年，屈原逝世二千二百三十周年之际，世界和平理事会通过决议，确定屈原为当年纪念的四大世界文化名人（另外三人是"日心说"创始人哥白尼；欧洲文艺复兴时期重要的人文主义作家之一弗朗索瓦·拉伯雷；欧洲文艺复兴时期最重要的作家、杰出的戏剧家和诗人威廉·莎士比亚）之一。

我想，屈原之所以能永远活在中国人心中，一小半源于他是诗人，才华横溢，诗句歌赋锦绣华章，千古传诵；一大半源于他是政治家，雄才伟略，喜怒哀乐为国民，不计个人得失。

中华文化源远流长，能如此才华横溢又忧国忧民，像璀璨星辰熠熠生辉的，又有多少呢？

总有那么几个人，温暖你我

虽然我很少坐火车出行，但对于张家口北站，却有着深深的记忆……

上大学时，寒暑假，同学们在检票口送我回家；儿子一岁，我抱着他回湖北看望他的奶奶；五六岁时，我带他去北京玩。这些出行都是从北站出发的，如今，这些场景历历在目，如在昨日一般。

最让我难以忘怀的，是一次送别。

我送的是一位老人，她要回保定。天刚蒙蒙亮，行人稀稀落落。当时，张家口的出租车寥寥无几，我们只能步行到火车北站。我送老人上了火车，看老人坐好，把行李也都放妥当，才下了车。望着缓缓开出的列车，我双眼迷蒙了。我知道，自此以后，思念就会像一只美丽的风筝，飞在遥远的乡村那片宁静辽阔的天空，而那条风筝线，将永远牵在我的手中。

认识老人是在1991年。那年我考上了大学，来到了张家口这座美丽的城市。刚上大学的我，特别希望寻找到一条致富的道路，好改善家中拮据的经济窘境，以减轻父母的负担。

从一本杂志上看到一则致富信息，我就想试一试。为了找到信息中所说的一种化肥，我左寻右找，终于在郊区的一家化工厂找到了这种化肥。也是在那里，我结识了这位老人。

我记得，老人六十岁左右，衣着干净、态度安详、声音柔和、待人和气。

那天，当我徒步找到那家化工厂的时候，已近中午。我饥肠辘辘，疲惫不堪。老人对我说："谁出门也不带着锅，大热天的，在我家吃饭吧。"

写到这里，老人温暖的话语又在我耳边响起，我的眼睛模糊了。你有过，满怀希望期盼录取通知书却高考落榜、求学无门备受冷眼吗？你有过，目睹父母为了供自己读书，节衣缩食备受艰辛吗？你有过，东奔西突、四处碰壁，于夹缝中求生存吗？你有过，像我一样，在城市中举目无亲，少人关心少人问吗？那你一定能体会到我当时的心情！素不相识的老人！纯朴善良的老人！古道热肠的老人！她温馨的话语，像一缕阳光，从云中照下来，照亮我失落的心。慈爱的老人，让我怎能不想念她？

工作后，我和老人的住处离得特别近。有时候我做饭，怕孩子从床上摔下来，就用一根结实的布条，一头挽在床头的木档上，一头拴在孩子的腰上。孩子不愿意这样受约束，就不停地哭闹。老人看到了，一边给孩子擦泪，一边抱起他，看他还不乖，就背着孩子去院子里哄他。老人身子微微前倾，稳稳地把孩子背在身上，她缓步地走，每一移步，孩子就轻轻地一摇，渐渐地，他就安静下来了。老人一边走一边还不停地逗着孩子说话。老人给孩子做好看的虎头鞋，蓝底儿，尖尖的挺立的小耳朵，精巧可爱的小鼻子，眉毛一根根密密地排列着，这一针针一线线绣出来的小鞋子，精致生动得像艺术品。老人只要有好吃的，都要给孩子吃。老人在门前的空地辟了一个小菜园，种了许多菜：豇豆、茄子、黄瓜、丝瓜、葫芦……每天清晨，老人就在小菜园里忙活，对花儿、掐条、搭豆角架，把小菜园侍弄得生机勃勃：绿叶苍翠茂盛；花儿朵朵绽放；鲜嫩的瓜、饱满的豆荚、果形婀娜的葫芦累累地垂挂在叶间。不施化肥农药的菜，味道那个好啊，屋里拌小葱、拍黄瓜，院子外边就闻着香味了，即使现在仍常常让我回味不已。

是老人，教我要关爱亲人之外的人；教我在别人需要帮助的时候，帮人一把；教我把好的东西送给别人；教我辛勤地劳动，勤俭、精致地生活。老人虽然没读过多少书，可她是我人生的老师；老人虽没有华丽的语言，可她说过的话，我都牢牢记在了心里。遇到老人，是我的福气。老人，是我不是亲人的亲人。

光阴如梭，生活如歌。小小的站台，迎来送往的不仅是客人，还是纯真的友情、至爱的亲情、淳朴的关爱之情，这些都是人间的至美情感。我想，正是这些美好的情愫，温暖着你我。

"瞻前""顾后"都是为了更好生活

1999年3月的一天，我在宣化洋河南的老家那个油漆剥落的书柜里，看到一卷发黄的稿纸。一页页地翻看，发现是我1991年至1992年写的一些文字。再次读到那些发旧的文字，数年前的经历和心情似乎又回到了眼前，顿觉光阴流逝，不知不觉。于是，就想把它整理出来，使自己的生活留个印记。

人一出生，就成了行者，踏上了孤独的旅程，行走在变幻莫测、参差错落的人生道路上。这条路以不容置疑的姿态摆在我们每个人面前。

要行路，就免不了瞻前顾后。处于十字路口，只要不是毫无交通常识或拿生命当儿戏的人，他必定会在环顾四周之后，才决定开步走，还是稍作停留。即使不在十字路口，因为我们周围有许多人呈现着千般风采、万种姿态，有意无意，我们会在心底把自己与周围人作比较，从而生出许多无以名状的思想和感慨来。

行路久，风风雨雨，免不了满身尘土，身心疲惫。这时，适当调整是非常必要的：静下心来，放松精神，从前至后瞻顾一番，总结一番。把那逝去的时光用理智的丝线扎成一束束，使心中那些混乱的变得条理、迷茫的幻出真实、缠绕的变得通畅、不必要的负累抛开。使心静如止水，心灵的空间豁亮如苍穹。就像长久跋涉之人，历尽艰辛，到达目的地，痛痛快快洗个热水澡，再换上洁净舒适的衣裳，从身到心都会焕然一新。

固然，瞻顾是要花费人的精神的。但瞻前便有憧憬，有憧憬就需为之奋斗，有了奋斗目标人就变得充实，充实的人就不会因光阴虚掷而自歉自疚。回顾身后，则知在来路上，自己曾充当着怎样的角色，何处成功，何处失败，原因何在，对过往之事的认识就更加清醒和深刻。

自己所写的这些文字大多是"有所感而有所发"。有时，心里也确实迷惘这文字的意义究竟在于何处。转念又一想，其实有的写作无非就是与自己的心灵对话，陶情冶性之时，让另一个自己充当说服者和劝慰者的角色，于无形中解脱自己于不必要的纷扰之中。这未尝不是一件乐事，又何必苦苦追寻其"意义"呢？

精雕细刻自会玲珑剔透，而平淡自然也未尝不是一种高雅境界。有时担心自己的文字总是摆脱不了个人的小天地，终归是带上些"小家子气"，况又多无高妙的"立意"。但转念一想，人毕竟对自己的了解远远胜于对他人的了解。

有深入的了解则容易真实，真实又何尝不是艺术的生命？倘使以各种条条框框来加以束缚，那天下的文章岂不是寥若晨星？

十多年前留下的那些文字和最近几年的这些随笔，集在一起，加以整理，不为怀旧，只借以总结过去，审视现在，从而更好地走向未来。

你还在我身旁

朴实无华的文字一向是妈妈的文风。我慢慢读着篇章中的故事，岁月也就随着书页在窸窣的风里一页页翻开铺展，好像有着这样的声音在娓娓道来；你忽然想起，这熟悉的语调里似有童话、有儿歌、有斥责，也有鼓励；是这样的声音记录了无数个日升月落，斗转星移。

逝年如水，逆流而上。

我如石般质朴、如水般柔和、如花般自开自美的妈妈。

（一）

她是极为坚忍的人。她坚信"你若盛开，蝴蝶自来；你若精彩，天自安排"。因此生活中即使有恶意侵袭向她，她也隐忍着。她总说不必计较，时间应该用来完善自己，让自己变得越来越好。可我与她不同，年少轻狂的我常会将恶意一股脑儿地倾倒回去。我不必更不愿容忍别人的恶意，以德报怨，则何以报德？因此常与一些缺乏道德的人爆发激烈争吵，也因此对社会上的有些人很不满意。如果世人皆如某些人那般模样，则道德何用？法制何用？千百年文化底蕴又何用？

常不胜唏嘘。

偶尔觉得她很软弱、怕事。总想着息事宁人，怕这怕那。后来我终于明白，靠一己之力不足以改变几人，谩骂争吵，往往坏却一天心情，为几个市侩之辈，委实不值，慢慢释然。提升道德修养是国家百年大计，我只能去尽微薄之力。想起高中某日晚间妈妈打来电话，似也并未询问什么，当时心生疑惑，后才知当天妈妈收到诈骗电话，那头说我和别人打架住院急需汇款，这才打来电话，听到这端的声音方才放下。才明白，那担心是对我最深沉的疼爱。我怎么敢再让她担惊受怕呢？

（二）

她是极为执拗的人。她坚持那些她认为对的事情。她总说要帮助那些有困难的人，事实上，她也一直是这么做的。她主张勤俭朴素，不喜浪费。教我诚实做人。大学老师曾问我，很多家庭条件比你好很多的孩子都申请了贫困生助学金，你要不要申请一个？我问她这件事，她说："我们家庭条件确实普通，但也算不上供不起你读书，这个名额就让给更需要的人吧。"

当年的那些日子慢慢就流淌到了如今，我想，故事里的有些东西，大概不曾变过。

（三）

小时候常想，长大该多好呀！无拘无束、无忧无虑，不再受父母的约束和斥责（其实从小到大也并没有受过多少责备，父母也不曾责打过我）。殊不知长大后会考虑得越来越多，在乎得越来越多，人情世故、嬉笑怒骂以及那些不屑不愿考虑的东西最终同化了我，我开始变得和他们一样，也变成了一个自己并不那么喜欢的自己。

长大意味着明白更多和承担更多。明白很多东西是你永远无力改变同时无法改变的，并要你慢慢承受一切，你想要逃避。还好，你看到此时有父母在替你承受这一切，你之所以觉得一帆风顺，不过是有他们在替你负重前行。可是，某天你回过头来，生活的重担完全压在你自己的肩膀上，这时你终于发现那时候才是最无忧无虑又无拘无束的青春时光呀。

上大学后，慢慢离开了父母的身旁。曾经以为会一直陪在自己身边的父母，只能笨拙地使用智能手机注视着千里之外的孩子。即使这样我们还是不愿意多陪他们说几句话。

就如某位网友所言："都想做盖世英雄，却没有人想帮妈妈洗碗。"

还是一扭脸就变成了二十多岁的大人了呢。那个为了吃棉花糖满地打滚的孩子究竟是什么时候个子高过妈妈的呢？

（四）

香港中文大学戴畅有诗《你还在我身旁》，是这样写的：

瀑布的水逆流而上
蒲公英的种子从远方飘回，聚成伞的模样
太阳从西边升起落向东方

子弹退回枪膛
运动员回到起跑线上
我交回录取通知书忘了十年寒窗

厨房里飘来饭菜的香
你把我的卷子签好名字
关掉电视帮我把书包背上

你还在我身旁

老妈还在我身旁，生活就不会丢失幸福的模样。

儿子周川

岁月静好，秋叶如花

曹秀芳老师，1994年大学毕业，在我校这片安静且美丽的小天地里，工作了二十五年。二十五年的相守，足以让一个人与一片热土相互交融。

坚持三十年写作，终凝聚成硕果，甚为佩服。她像一粒种子，从农村飘向城市，扎根成长，体味了人生的酸甜苦辣，默默耕耘，一路前行。

她很普通。为人谦逊，从不张扬。像一片杨树叶，朴实无华。静静地，由嫩变绿，由绿变黄，悄悄度过春夏秋冬。

她很善良。知道平凡生活的艰辛，理解常人的疾苦。文中处处体现善良的品质，纯朴的心境。珍惜亲情、友情，真诚对待别人，用爱心温暖学生，好像每天生活在天真烂漫的儿童中间，又好像每天生活在朝气蓬勃的青年中间，感受爱的快乐，激发生命的活力。

她很爱阅读，虽学政史，但爱文学。阅读写作是她的精神寄托。能把凡人写得有血有肉、有情有义。能把小事写得有条有理，以小见大。不矫揉，不媚俗，处处充满真情实感。

她很爱工作，从工作中寻找素材，积累经验，坚持不懈地去组织学生读报、读诗、读名著。天长日久，孩子们大有收获。在她的影响下，由一个班扩大到一个年级，由一个年级扩大到全校师生，我校诵读活动开展得有声有色，师生踊跃参加，一年两次的诵读会就是全校师生喜欢阅读的真实展示。社会上热爱诵读的人士也来积极参加。

我最佩服她的执着精神。一边担任班主任工作，一边从事教学工作，还仍然坚持写作。不追名逐利。根据自己陪伴儿子度过初中生活的经历，她写了《怎样帮助孩子度过初中这三年》，该书深受读者好评。还经常有一些散文在《张家口晚报》《中国教育报》上发表。

本书凝聚了她三十年的心血，虽凡人小事，却真情实感，谈亲情、爱情，谈校园生活，谈社会生活，谈成长经历，谈旅游心得等。读后令人或怀念，或感悟，或哀叹，或激励，甚至默默落泪。尤其同龄人感悟更深，产生共鸣，万分珍贵。

愿她岁月静好，秋叶如花。

张家口市第十六中学校长

刘永飞

甜美的回忆

同事小曹，温温的，缓缓的，在我眼里总是恬静安适的模样，她不喜言谈，某一日突然说，吴姐，我集结了一本散文集，是我从小生活的实录感悟，你也写点吧。惭愧瞬间涌入，幸福的日子，感触颇多，却懒得记一记，捋一捋，唉，快快补上这一课吧，思绪把我拉入了儿时……

我是随姥姥长大的，记得小时候，我从里到外的衣服都是姥姥亲手缝制的，只要穿新衣，我必定到处显摆。一起玩耍的小朋友羡慕不已，不免涩涩地说："我妈上班忙，没时间做。"邻居阿姨则审视着细密的针脚，赞不绝口："姥姥这手针线活，跟买的没二样儿啊，我们可做不来！"我心里像灌了蜜一样甜。

有一年，姥姥哮喘发作住院了，眼看到了年根儿，我的过年新衣还没着落，年二十九中午，姥姥在大姨搀扶下回家了。我清楚地记得姥姥说，住了半个月医院，这腿软绵绵的，这手也不听话，真没劲。大姨说，那就快上炕休息吧。姥姥说："孩子过年的衣服，布料早就备下了，不能耽误明天穿，过年啦，得让我孩子美美的!"大姨无奈地拿出布料，姥姥紧锣密鼓地干起来，后来实在坐不住了，靠着被子，斜歪着身子，悬空又裁又缝。夜深了，灯光下是姥姥安静忙碌的身影，我带着甜蜜的期盼沉沉睡去。

除夕的清晨，稀碎的小鞭炮声炸醒了沉睡的人们。一睁眼，我的枕边整齐地放着橘色花衣，还有一双条绒棉鞋。那一天，一个美丽的小姑娘，身穿鲜亮的花衣服，脚蹬一双精致的红棉鞋，不停地穿梭于小街小巷，展示她的漂亮，她的美，现在想起来，羡杀了多少小朋友啊。

物质贫乏的年代，我们穿着家人缝制的衣服，不仅用来遮蔽风寒，更有一份爱密密地缝制进来，也在我们幼小的心灵里种下了一粒崇尚美、热爱生活的种子。如今，无论心情是阴霾还是响晴，无论身处困境还是顺境，我们都干净利索地示人，美根植在心里，在骨子里，阳光的心情可以辅助我们抵御困难，不受金钱桎梏，珍惜所有的美好。

还有一件小事，现在想来也别有趣味。

小学老师发动同学们回家种植蓖麻，每人发了五颗蓖麻种子，为什么要种这东西，早忘得一干二净了。但是老师的话是"圣旨"，回到家我就到处找可以给这五个宝贝安身的地方。院子里有大大小小不少花盆，每一盆都是青葱繁茂。逡巡良久，一个角落里的花盆引起我的注意：黝黑的泥土中，正努力地钻出几个枝丫，嫩叶将舒未舒。不大

277

不小的盆子，不起眼儿的枝叶，好吧，就是它了！轻轻一拔，娇小的叶子尽出。这些花都是姥姥的命根子，怕姥姥声讨，我悄悄行动，匆匆种下我的宝贝，不留一丝痕迹。

没几天，我的蓖麻宝宝争气地破土而出了，哪是宝宝，分明是壮小伙儿，粗壮的茎，又圆又大的叶子，又裂出几瓣，边缘还有锯齿，青翠欲滴。每天放学归来，我欢喜地宠溺着它们，浇水，不停地浇水，期盼它们早日修成正果。我的举动终于引起了姥姥的注意，就在我吃饭的时候，姥姥在院里突然发威了："谁把我的花毁了！婷，你给我出来！"我灰溜溜地站在姥姥面前，老实交代老师的任务，无辜地望着姥姥，令我如今都记忆犹新的一幕出现了：姥姥先是流泪，后来竟哭出了声儿，先是站着，后来在小凳上坐下哭，还絮叨着骂我。这是我没有想到的，也是令我极其震惊的。我的姥姥，为了一株刚刚出芽的小草花，竟然在外孙面前哭起来。这时，我才意识到事情的严重，真闯祸了。吓得我不停地央求姥姥："姥姥别哭，姥姥你别生气，我不知道这花这么重要，我把我的蓖麻拔了，我给姥姥再种，行吗？"

许久，姥姥抹抹眼泪，拉住我的手说："孩子，花花草草也是命啊，它长得好好的，你怎么忍心毁了它。"我的蓖麻自然是留下来了，自此我也懵懵懂懂地知道些，世间万物都有生存的理由，无论是高大壮硕，还是渺小到尘埃，自有它们活下来的道理，我们要爱护它们。现在想来，那应该是我接受的最早的生命教育——尊重生命，善待生命。如今我是救助流浪小动物的倡行者，在能力可及的情况下，我会毫不犹豫地给予可怜的小动物帮助。活着，比什么都重要。

一个扎着羊角辫子的小臭美猴，转眼成了人民教师，在同事和学生眼里，我是爱美的、乐观的、善良的。有天性使然，更多的是姥姥的教育。这些美好的品质，是做人的本真，也在后天的历练。作为教师，我有责任传承，让我的孩子和学生，不受环境左右，温暖地对待生活，用感恩的心呵护美好，长长久久。

感谢同事小曹，她书中的那些温暖而真实的记忆触发了我的灵感，才有了这一篇不成样子的短文。

爱与感恩，是我们对生活的共同感受。我相信，这也是一切热爱生活的人的共同追求。

愿我们都能把自己的生活过成秋叶一样，似锦如花！

张家口市第十六中学教学副校长

吴小婷

追逐朝阳的人

　　和秀芳同事二十余载，透过她朴实无华的外表，我不断地发现着她善良正直的品格、执着生长的精神，经常被她感动着、感染着。

　　70年代初期出生于没有任何书籍的村落农家，十岁第一次有了课外书时，便爱不释手。儿时最强烈的梦想就是"我要读书，我要上学"。支撑她克服一切困难考上了大学的就是这个植根于心底的梦想。她被破例写进了只有男性才可以进入的家谱，成为曹家的骄傲，因为她是曹家少有的几个大学生之一。

　　繁重的教育教学工作，忙碌琐碎的日常生活，都没能改变她对生命、教育工作和读书写作的挚爱。她用七年的心血凝成二十万字的家庭教育专著。她带着全班同学用诗歌打开梦的翅膀，让教室成为少年梦想开始的地方；带领孩子们一起读书读报，架设由校园通向世界的桥梁；她和孩子们精心地用红叶布置教室，在秋意正浓的时节，一场

"秋叶如花"原创诗歌朗诵会让那个普通的日子充满诗情画意，在师生的生命中落下美好的回忆。

她的讲台上少了一份功利，多了一份情怀；少了一份急躁，多了一份关爱；她给予学生的不仅仅是知识，更多的是一份积极向上的进取心。在她的眼中，每个孩子都需要呵护，每个孩子都必须善待。

她的岁月里并不是没有风雨，只是多了一份迎着风雨邀约彩虹的勇气；她的日常并不是没有阴霾，只是比旁人更多了一份开朗乐观。她的坚忍不拔、坚定执着，在每一天生活工作的轨迹中清晰可见。

她甚至把中午短暂的休息都节省下来，孜孜不倦地完成手头工作，孜孜不倦地敲打写文字，孜孜不倦地读书看报。在我的心中，她就是那个追逐朝阳的人，热忱地帮助同事，热心于教育事业，不虚度一寸光阴。她用情写给儿子的信感人至深，她用心带的班被评为省优秀班集体，她用不停地向上生长丰盈生命的每一天，日复一日，年复一年，在自己的岗位上执着前行。

张家口市第十六中学德育副校长

龙涛